Patrick C

R O M A N

Lopes et rats de Kernec

Arthemus

Du même auteur aux Editions Arthemus :

Les Voleurs de plomb
Kernec, tout le monde descend

Photo de couverture : " Saturne dévorant son fils"
détail - Peinture de Goya

A mon frère Dédé

A Léo Ferré...
et aux "oreilles de lavabos"
qui persistent à ne voir en lui
qu'un "artiste de variétés".

Avertissement

Kernec n'existe pas !
Les personnages non plus !
La recherche d'éventuelles ressemblances
ne pourrait être que malsaine
et là n'est point notre propos !

I

Il était une fois...

SUR une des premières voies-express pavées, reliant Rennes à Quimper, Kernec-sur-Seiche fut longtemps ville étape. Les premiers touristes à y séjourner étaient vêtus de mini-jupes et chaussés de sandales. Ces Doryphoras, armés de lances, coiffés de ridicules chapeaux tyroliens en métal doré et surmontés de plumeaux rouges, furent quelques centurions romains.

Beaucoup plus tard, Anne de Bretagne s'arrêta, elle aussi, le 26 juillet 1505, à l'hôtel du Lion d'Or(1) de Kernec-Gare. Quelques semaines auparavant, interrogé par le journal *Ici Paris*, un leader du FLB avait déjà plus que sévèrement condamné les liaisons amoureuses de la Bretonne avec le roi

1 - Au lit on dort

de France. Le 27 juillet au matin, les Kernecois crurent donc sur parole et sans surprise l'hôtelier, témoignant sur l'honneur que cette nuit-là le matelas de sa suite princière avait ri abusivement. “Ça été sa fête à l'Anne...Un vrai feu d'artifice”. Il déclara être prêt à changer son enseigne pour *Au Lion Baise*, ce qui ne fit rire personne.
On prétend également dans les chaumières de Kernec-Gare que c'est depuis cet épisode autant historique qu'érotique que partout dans le monde les Anne sont fêtées le 26 juillet !
Pourtant, selon l'avis d'historiens rabat-joie, comme il se doit, l'hypothèse d'un rendez-vous avec un galant aussi célèbre ne devait pas être retenue. La duchesse s'était simplement grattée toute la nuit, piquée par les énormes dards des moustiques assoiffés et fort nombreux, comme les rats à cette époque aux bords de la Seiche.
Pour se rendre en haute ville, il fallait à l'époque prendre le “casse-cul”, un sentier caillouteux très pentu. On expliqua donc aux enfants des écoles que cette halte à Kernec-Gare n'était due qu'à la fatigue de l'équipage de la duchesse qui refusa ce soir-là de la grimper jusqu'au bourg. Depuis, les petits écoliers kernécois, branlant du chef, opinent !
La place de Kernec était constituée de très belles

maisons bourgeoises et un nombre important de nobles ou nobliaux y résidaient. Il y avait les de Mont-Clair, les de Lestranges, auxquels il fallait ajouter deux ou trois familles, les de Rolignac, les de Kerbouic... qui possédaient manoirs ou châteaux construits dans la campagne luxuriante des rives de la Seiche.

En 1915, Kernec, comme bien d'autres communes, perdit son maire. Le prince Raymond de Rolignac élu maire en 1909, mourut au champ d'horreur comme, hélas, 1 467 000 de ses camarades français.

Un tiers de la population masculine bretonne périt lors de la Première Guerre mondiale. *"On croit mourir pour la patrie, on meurt pour des industriels"* constata Anatole France. Clemenceau avoua : *"La guerre est une chose trop grave pour la confier à des militaires"*. Et pourtant ce sont bien des généraux de haute lignée, particulièrement incompétents, qui envoyèrent, du haut de leurs états-majors, des milliers de jeunes gens à la boucherie, à la mort.

Quand tout fut fini les "petits poilus", les "gueules cassées", rescapés du massacre, jurèrent qu'on ne les y reprendrait plus. Cette guerre devait être la dernière : *la der des ders* proclamèrent-ils haut et fort. On érigea sur chaque place de village, afin de ne jamais oublier le cauchemar, des monuments en hommage à tous ces enfants morts.

Paradoxalement, dans leurs petits carrés aux graviers blancs, clos par une chaîne reliée à quatre obus, les soldats de bronze tendaient un bras vengeur vers l'est, vers l'ennemi !

La jolie place de Kernec échappa de peu aux classiques monuments d'esthétique douteuse et fabriqués en série. Sous la pression de la famille de Rolignac on décida de confier au sculpteur breton René Quillivic la réalisation de l'hommage aux disparus et on l'implanta au cimetière, son véritable emplacement.

Plutôt que de désavouer, de condamner ou mieux encore d'oublier l'incompétence de ses généraux, la France et ses livres d'histoire les encensèrent, en particulier un nommé Pétain qui connut, comme chacun le sait, une fin prestigieuse.

Kernec n'échappa pas bien sûr, mais hélas, à cet esprit cocardier.

Mieux !... L'un de ces traîneur de sabre, le général

Auguste de L'Arette de Carré, héros de rien du tout, pour mieux savourer sa retraite, acheta un manoir sur les bords de la Seiche.

Un jour que des chasseurs tiraient de toutes leurs armes sur quelques gibiers en limite de sa propriété, il les menaça de porter plainte près la gendarmerie. L'un d'eux eut alors cette réplique magistrale : "Drôle de général qui n'aime pas les coups de fusil !"

Sa réputation n'était donc guère flatteuse auprès de ses contemporains qui l'oublièrent au plus vite. C'est alors qu'on érigea un faux menhir en souvenir du fameux "héros" et on alla jusqu'à coller son nom à la rue principale du bourg.

MAURICE de Kerbouic, grand ami du prince de Rolignac, mourut lui aussi dans les tranchées boueuses de la bataille de Verdun. Dans les années vingt, son épouse, ses trois fils, Léon l'aîné, Eugène puis Edouard et Gertrude, la seule fille de la famille qui ne vécut que dix années, quittèrent donc Kernec pour la capitale. La lignée des Kerbouic avait des ramifications dans les plus belles familles de la noblesse française. Au décès de leur mère, les enfants se retrouvèrent à la tête d'un patrimoine important représentant l'une des plus grandes fortunes de France. Evidemment, le droit d'aînesse ayant force de loi dans ce milieu, auquel il fallait ajouter quelques préférences parentales, des disparités apparurent entre les divers héritages.

Trente années plus tard, le cadet, Edouard de Kerbouic, héritier des biens situés sur la commune de Kernec, fit rénover le château en ruine. Dès lors, il partagea son emploi du temps entre Kernec et ses appartements parisiens. Le prestige de la famille Kerbouic restait encore très vivace dans l'esprit de la population kernécoise, à tel point que lorsqu'un avion, rare à cette époque, traversait le ciel, une vieille femme affirmait invariablement : "Tiens, v'là monsieur l'duc qui passe".

Tout ce que Kernec comptait de notables était invité régulièrement au château. Les édiles municipaux, le clergé bénéficiaient des largesses du duc. Il fit don de plusieurs terrains en bordure de bourg que l'on aménagea en de magnifiques jardins publics. La majorité de la population lui en fut reconnaissante. Seuls, deux ou trois républicains virent d'un sale œil ces cadeaux "princiers". Puis, le progrès tomba sur les Kernécois comme le ciel sur la tête des Gaulois. La fée électricité planta partout ses baguettes de béton armé... dans les rues, au bord des routes, dans les champs. Les tracteurs remplacèrent les chevaux. Le tout-à-l'égout remplaça le tout-dans-le-caniveau. On construisit donc une station d'épuration près de la rivière, sous le pont, neuf celui-là, qui séparait Kernec de Kernec-Gare, ce quartier mal famé. Cette installation n'améliora pas les rapports déjà tendus entre les deux populations. Mais, de l'avis de certains élus, la merde du haut était bien assez bonne pour les "rats" de la gare, comme ils les avaient surnommés.

...Les années passaient... les maires et les curés se succédaient toujours à la table des Kerbouic...

Mais la population vieillissait, les écoles se vidaient, les maisons s'écroulaient. Déjà, dans la plus proche périphérie de Lornet, d'autres petites communes, confrontées aux mêmes problèmes, se lançaient dans la création de lotissements.
Au soir du vendredi 27 juin 1962, le conseil municipal de Kernec, composé d'agriculteurs et

de quelques commerçants, fut particulièrement houleux. Les premiers étaient totalement hostiles à l'arrivée d'une population urbaine, les seconds voyaient déjà leur clientèle et leur chiffre d'affaires augmenter. A deux voix de majorité, l'achat d'un terrain situé à l'ouest de la commune fut décidé. Si le duc félicita le maire, il lui conseilla de rester toutefois vigilant et de ne pas céder aux demandes pressantes de promoteurs qui, dit-il, transformeraient Kernec, fief éternel de la droite, en banlieue rouge.

...Les années passaient... Les maires et les curés se succédaient toujours à la table des Kerbouic...

Avec la réalisation d'un second, d'un troisième puis de quelques petits lotissements privés arrivèrent les premières revendications.
Le bureau d'accueil de la mairie ne se composait que d'une seule pièce au parquet encaustiqué et grinçant. Juchée en haut d'une armoire, une vieille Marianne poussiéreuse veillait tant bien que mal sur sa République. Dans un beau cadre en bois, l'appel du 18 juin du général de Gaulle donnait l'heure à laquelle Kernec s'était endormi. Le vieux secrétaire de mairie de plus en plus

débordé demanda l'embauche d'une seconde secrétaire. La station d'épuration, elle aussi, débordait et se mit à dégager des humeurs nauséabondes. L'imagination des élus quant à elle, ne débordait plus depuis longtemps !
Il fallut attendre mars 1989 pour qu'un jeune cadre dynamique, déjà conseiller municipal, prenne les rênes de la commune et lui donne pendant trois mandats consécutifs quelques "lettres de noblesse" supplémentaires.
Le 14 juillet 1989 donc, la France entière commémora le bi centenaire de la Révolution. Triste souvenir pour la famille Kerbouic qui faillit perdre la tête après l'exécution d'une aïeule fort appréciée de la cour...
Pour sauver la sienne aux élections suivantes, le nouveau maire participa aux réjouissances et au défilé prévus. Il tint cependant à se distinguer des autres sans-culottes en se costumant en nobliau, avec chapeau à plumes et sabre au clair.

Le 17 juillet suivant, le maire et le curé étaient invités à la table des Kerbouic...

Samedi 1er Avril 2001

Qu'il joue mal, cet accordéoniste ! De là où je suis je n'entends que par intermittence ce qu'il essaie d'interpréter. Tiens, le vent a tourné ! Je le perçois mieux à présent... Mais... c'est Reine de musette... *Le propriétaire du manège du parc Monceau passait et repassait cette rengaine. Cela m'avait même valu un soufflet ! Comme je rentrais, alors que je sifflais comme un petit perroquet dans l'escalier, ma chère mère me passa à tout jamais l'envie d'interpréter le répertoire populaire. Pourtant il était question d'une reine !.. Hi ! Hi !.. Une fourmi commence l'ascension de la face droite de mon nez. S'inquiéteront-ils enfin au château ? Il y a bien deux heures que je suis parti. Atteindre l'oignon qui se trouve dans la poche de mon gilet me demanderait un effort que je ne suis plus capable d'effectuer. De toute façon, il est sûrement cassé. Il ne doit pas être loin de onze heures... Je n'ai pas entendu les cloches du bourg sonner. Le lendemain j'avais été privé de jeux et de parc... Ma nurse, Miss Watson, une Anglaise distinguée de vingt-deux ans, avait reçu consigne de m'emmener visiter le musée de la marine. Les herbes s'en-*

foncent dans ma joue... Je vais avoir des marques, c'est sûr! Mon visage a déjà bien suffisamment de rides ! C'était bien, le musée de la marine... J'avais, je me souviens, un costume de circonstance : culotte courte et marinière bleu outre-mer avec col blanc carré, un petit béret et des souliers vernis qui me faisaient souffrir. Ah ! Mes jambes... Ah ce que j'ai mal ! Le docteur m'avait prévenu... Le tabac... l'artérite... Bof ! J'ai quand même 95 ans et j'ai enterré tous les miens. Vous êtes le dernier, mon cher ! Le dernier des Kerbouic ! Le dernier... Eh oui ! Comme toujours !... Elle était belle, Miss Watson et j'en étais amoureux... je m'étais bien promis... Et puis, quand j'eus enfin l'âge... elle avait beaucoup vieilli. Je n'ai jamais eu de chance avec les femmes. Il est toujours arrivé un moment où leur bêtise a dépassé mon amour... Cette fourmi me chatouille de plus en plus... J'ignorais qu'à l'époque mon frère Léon s'était déniaisé avec la British... Hi ! hi !... Léon !.. Sacré fusil ! Il n'était pourtant guère plus beau que nous, ses deux cadets. Mon frère Eugène, lui, ne pensait qu'au sport... Mais il est mort quand même ! Hi ! Hi Hi ! Mais enfin... il n'y aura donc jamais âme qui vive à passer sur ce chemin ? Pauvre idiot... c'est vous-même qui avez fait planter les pancartes et les chaînes : "Chemin privé, défense d'entrer sous peine de poursuite". *Si j'es-*

sayais de bouger cette jambe droite totalement ankylosée... Ces gens-là exagéraient, aussi... Du moulin ils volaient les pierres... Tous les encorbellements... Rendez-vous compte !... Les braconniers venaient y tendre leurs filets... Ceux-là, au moins, m'offraient par-ci par-là quelques saumons ! Ils nous les apportaient eux-mêmes au château... enveloppés dans un grand torchon de toile écrue... C'est gluant, les poissons... Je n'ai jamais aimé les toucher... C'est ce jeune godelureau de gendre qui m'a poussé à prendre tous ces interdits... Ah ! Celui-là... des idées... il n'en manque pas ! Mon bras est resté plié sous mon ventre et ma main baigne dans ce liquide qui ne peut être que mon sang. Juste à côté de moi coule la rivière. J'entends son clapotis sur les roches. "La roche" *! Ce sont les gosses qui ont baptisé ainsi cet endroit. C'était avant ces pancartes imbéciles ! Ils venaient tous se baigner là. C'était* "La plage des pauvres" *comme ils l'appelaient... Si j'appelais ! Pas un son ne sort de ma bouche... enfin il me semble. J'ai de la terre plein les moustaches...* "Ce petit chemin qui sent la noisette" *Tiens, je chante !.. Pardon, mère !... Le mien sent les mûres et le chèvre feuille... il longe la rivière. Il mène au moulin... Bien plus joli que le Chemin des Peintres de Pont-Aven... et que l'horrible Chemin des Dames ! J'avais cinq ans quand* *mon père, dans les tranchées, a reçu ce coup de baïonnette... Papa ! Au secours !..*

KERNEC, malgré l'implantation d'une inévitable zone artisanale, n'avait pas vocation industrielle. Le tracé de l'autoroute passant à proximité n'avait pas été retenu. Il fallait donc à la nouvelle équipe municipale trouver un quelconque pôle d'attraction. Après la rénovation de la mairie et son informatisation, le vieux secrétaire rendit son tablier et ses manchettes de lustrine. On donna à la maison commune, à la plus grande joie des Kerbouic, le nom de "Maison des Ducs". Elle fut inaugurée sous le haut patronage d'un autre noble de la région, conseiller général, dont les aïeux avaient autrefois siégé dans l'édifice et qui en avaient été expulsés par la Révolution. Dans chacune des rues, la reconstruction de vieilles demeures s'imposait. En 1993, après trois ans de tractations avec sa propriétaire, on s'attaqua à un ancien hôtel et ses dépendances. L'ensemble était dans un état de délabrement avancé et menaçait à chaque instant les passants. La rénovation fut une belle réussite architecturale que l'on baptisa "Cour des Miracles d'Art".

Pour essuyer les plâtres d'une telle structure, il fallait une autorité. Le maire embaucha Mme Beauregard, épouse d'un médecin lornetais, qui s'ennuyait chez elle à ne rien faire. Ses options, parfois surprenantes et pas toujours du goût de ses concitoyens, épargnèrent toutefois aux visiteurs l'étalage de bibelots *made in Taïwan.* Au cours de nombreuses démarches à travers la France, elle recruta moult artisans qui vinrent s'installer successivement. Le premier fut un potier, puis un ferronnier d'art, un sculpteur, une décoratrice sur porcelaine et enfin, un souffleur de verre...

Celui-ci s'appelait Ben Zaoui. Formé dans une école renommée du sud de la France, ses œuvres furent tout de suite prisées par les visiteurs. Son humour et sa franchise ravirent la population qui l'adopta rapidement.

Le duc, alors âgé de quatre-vingt-douze ans, frisait les deux cents livres pour un mètre quatre-vingt-dix. Bien qu'il se soit légèrement voûté, son allure imposait le respect ! Il avait laissé la gestion de ses entreprises à leurs seuls administrateurs. Depuis, s'estimant libéré, il témoignait d'une égale bonne humeur et d'une sorte d'humour intérieur qui se traduisait par des borborygmes que l'on pouvait prendre pour des ricanements. Il riait de ses bons mots ou encore de situations cocasses qu'il avait jadis vécues et qu'il se remémorait. Ainsi, ses interlocuteurs avaient parfois la pénible impression qu'il se moquait d'eux. Ses tenues vestimentaires auraient pu laisser croire que sa fortune périclitait. Il n'en était rien, bien au contraire. Coiffé d'un chapeau ridicule en tissu pied-de-poule, vêtu d'un long pardessus gris râpé, d'un pantalon à larges carreaux de ton verdâtre tombant en moult plis sur des bottillons en caoutchouc, il s'appuyait sur une canne à pommeau d'ivoire. Il se déplaçait lentement en marquant sa respiration difficile de gonflements de joues et de mouvements de moustaches qu'il avait superbes, longues et recourbées telles celles du héros de la comtesse de Ségur, le général Dourakine. Informé du succès du souffleur de verre, il s'empressa de lui rendre visite, mais... comme tout duc qui se respecte, il était impossible que lui, un Kerbouic, témoigne d'une quelconque admiration à un simple artisan, fût-il des plus qualifiés ! Le notable le gratifia donc naturellement et gratuitement du titre de *maître* verrier, ce qui le mit définitivement à l'aise.

- Mon cher maître, vos pièces sont remarquables... Vous maîtrisez le verre comme un véritable Vénitien ! Si si, je vous assure ! J'aime les artistes ! Cette figurine est tout à fait charmante... charmante... véritablement charmante ! Combien cette petite sulfure ?
Après bien des flatteries, le duc prit un air très intéressé, baissa le ton et s'enquit :
- Mon cher maître, seriez-vous capable de restaurer, ou mieux encore, de refaire à l'identique une suspension à facettes ?... C'est un travail gigantesque, vous avouerez, mais j'ai dans mon humble logis une pièce principale haute de plafond et j'aimerais lui redonner son lustre d'antan...
Heureux de sa trouvaille, il ricana dans sa blanche moustache.
En bon Méridional, Ben Zaoui commenta avec forces détails et mouvements de bras son enthousiasme à réaliser une telle pièce et il assura son client d'une réussite certaine. Déjà, le duc ne l'écoutait plus. Il invoqua un autre rendez-vous en s'emparant d'une petite sulfure à 100 francs.
- Tenez, soyez assez aimable pour m'emballer ce petit objet. Bien sûr, je compte sur vous pour estimer... à quelques centimes près, bien sûr, le coût de notre opération. A bientôt, cher ami, à bientôt.

Vous aimez le champagne ? Venez donc me voir au château ! Nous ouvrirons une bouteille. Au revoir, cher ami !
Puis tout à coup, se ravisant :
- J'allais oublier de vous régler ! Mademoiselle Roselle, avez-vous de la monnaie ? Veuillez, s'il vous plaît, régler notre ami.
Le souffleur de verre, estimant à vue de nez le coût de la future suspension, s'empressa :
- Je vous en prie, monsieur le duc, permettez-moi de vous offrir cette modeste pièce qui marquera notre première rencontre et témoignera du respect que je vous porte.
Le duc amorça un semblant de révérence et pensa :
- Pour un bougnoule, il cause riche, le bougre !
Les autres locataires de la cour en furent pour leurs frais. Melle Roselle, la gouvernante et secrétaire du duc, eut beau lui conseiller de visiter, même de façon brève, les autres ateliers, elle se fit rembarrer comme elle en avait l'habitude.
- Nous rentrons, c'est tout ! Aucun talent chez ces gens-là, soyez-en sûre ! Restez si cela vous amuse ! Moi j'ai assez vu de marginaux à cheveux longs pour aujourd'hui ! Ils sont sales, répugnants... vraiment répugnants !
Il salua de loin, d'un geste de la main, le potier qui

à l'extérieur de son atelier se préparait à confectionner du raku.
- "Quelle allure !" pensa le duc.
- "Vieux con !" pensa le potier, ignorant encore que celui-ci, pour une somme rondelette, lui commanderait un mois plus tard un service de table de douze pièces.
En rejoignant leur automobile garée sur la place, ils croisèrent le maire.
- Mon cher ami, quelle réussite magnifique, vous avez rénové ces bâtiments de façon merveilleuse... Si si ! Je vous assure... et ces artisans, quelle maîtrise ! Où en êtes-vous de vos réhabilitations ? J'ai vu que vous aviez rasé l'ancien hôtel de la Seiche, mais... la bâtisse qui se cachait derrière a beaucoup d'allure avec sa petite tourelle !
- Oui, vous avez raison ! C'était l'atelier de l'ancien maire... Vous savez, M. Auguste Bourdet, le menuisier... C'est ennuyeux de le cacher à nouveau, mais hélas, tout est prêt. On a même déjà creusé les fondations. J'ai pensé acquérir un autre terrain pour y implanter l'hôtel. Je vais à ce sujet organiser un référendum pour mettre les Kernécois devant leurs responsabilités, à savoir : assumer ou non les frais supplémentaires et de ce fait augmenter leurs impôts.

- Un référendum... Hi ! hi !.. N'êtes-vous pas apte et habilité à prendre seul cette décision ? Et si le résultat de cette consultation ne vous donnait pas raison ! Pensez-y, mon jeune ami... Pensez-y !... Et quelle vocation donnerez-vous à cet atelier ?
- Pour l'instant rien n'est encore décidé... Mais une galerie de peinture compléterait l'image culturelle que je souhaite donner à Kernec.
- Excellente idée ! Mais quelle sorte de peinture ? Vous savez que nous possédons dans la famille de très belles collections. Je suis moi-même très souvent sollicité par des artistes. J'ai quelques relations dans le milieu, qui pourraient vous être utiles. N'hésitez pas à me contacter. Ah ! J'oubliais le principal ! Si vous le désirez, je peux intervenir pour vous faire obtenir une distinction. C'est utile, les décorations, vous savez... Moi-même... Hi hi hi !...
L'atelier de l'ancien maire devint effectivement une galerie d'art baptisée : "Atelier d'Augusta". On ajouta un "a", afin de donner une consonance plus artistique. Pour assurer son fonctionnement, le maire refit appel à la même plâtrière, Mme Beauregard, qui décida d'en faire une place forte d'"art contemporain". La décision fut annoncée au conseil municipal un mercredi soir. Loin de

faire l'unanimité, ce choix provoqua même la colère du premier adjoint :
- Art contemporain ! Art contemporain ! Déjà dans le domaine artistique ce mot "contemporain" ne veut rien dire ! Sinon une ségrégation monopolisatrice et stupide ! C'est la porte ouverte aux escrocs de tout poil, souvent sans talent et hélas totalement dépourvus d'humour. Cela n'intéressera pas du tout nos concitoyens. Le talent de ces "artistes" réside en fait dans le seul vocabulaire de journalistes écrivant pour ne rien dire des articles destinés à n'être compris par personne. C'est ainsi que, par psittacisme, des imbéciles brillent. Ils acquièrent la considération d'autres imbéciles qui, bien sûr, n'osent avouer leur totale incompréhension, mais qui applaudissent à tour de bras de peur de passer pour des imbéciles... Je ne suis pas d'accord, mais alors pas du tout, sur ce choix ou alors... au pire... en alternance avec d'autres expositions... de peinture celles-là !
On ne tint pas compte de son avis.
Le discours inaugural parla de la transcendance de l'espace et de l'imaginaire, enveloppés dans l'allégorie de la fiction pour une poétique de contrastes d'un extrême intérêt qui arrive dans la postérité emblématique et effervescente... Enfin

un charabia de snobs pour qui Goya était le père d'une chanteuse renommée et Dali un chocolatier richissime. Ceux-là ne devaient plus jamais rater les rituels Kir et chips inauguraux. Dame ! Faut bien manger ! On venait casser la "croûte", en quelque sorte !

Si quelques Kernécois furent invités aux premiers vernissages, il délaissèrent effectivement ces rassemblements huppés, ne s'estimant pas, pour la plupart, suffisamment armés devant ce bloc de béton culturel.

Le duc fut bien sûr de presque tous ces rendez-vous mondains. Une seule fois il perdit de sa superbe en découvrant, dans le recoin d'une salle, un tréteau sur lequel étaient posées verticalement deux planches. S'adressant à la jeune fille censée donner des explications, il protesta :

-Tout de même... Les services municipaux auraient pu enlever leurs détritus avant le vernissage !

- Mais, monsieur, cette œuvre fait partie de l'exposition ! Il s'agit là de l'aspect immatériel, contrairement à l'autre salle où les chiffons enveloppant des oreilles de cochons représentent le matériel.

- Mais bien sûr... comment n'y ai-je pas pensé ! Suis-je bête ! Mamy, venez voir ! Cette nature morte vous plaira sûrement.
On lui présenta le plus célèbre peintre de cette exposition collective. Ils s'arrêtèrent devant une toile blanche sur laquelle l'artiste avait, d'un seul coup de brosse, tracé de bas en haut un grand trait noir sur lequel il avait superposé un point rouge.
- Fantastique ! dit le duc.
Puis ils passèrent à la suivante. Là, le coup de brosse allait de haut en bas. Il y avait aussi un point rouge, mais celui-ci avait coulé sur le noir et tiré vers le marron.
- Merveilleux ! soupira le duc. Mon ami, vous avez une maîtrise du pinceau extraordinaire !
Se moquait-il ou était-il sérieux ?
- J'ai consulté les tarifs... 70 000 francs... c'est très raisonnable ! Je vais réfléchir. Avez-vous une carte ?
Le barbouilleur exultait.
- Je n'ai exposé ici que quelques toiles. Je suis vraiment désolé, je n'ai pas de carte et de surcroît, je n'ai pas amené mon *press book,* c'est trop bête, veuillez m'en excuser... Peut-être pourrions-nous prendre rendez-vous. Je peux, si vous le désirez, me rendre à votre domicile.

- C'est cela ! Venez donc, cher maître.. Nous sablerons le champagne !
Apercevant le maire, il coupa court à la conversation :
- Excusez-moi, cher ami, je vous laisse, à bientôt !
Il se garda bien de lui donner son adresse.

OH ! comme je vous admirais, maman ! Vous étiez si belle... J'ai encore ce médaillon sous le couvercle de cette montre qu'à cet instant je ne puis atteindre. De son logement dans mon gilet, vous n'avez jamais quitté mon cœur. Comme j'aurais aimé connaître mon père... Je n'ai que quelques souvenirs à son sujet et encore... Sont-ce mes propres souvenirs où sont-ce des anecdotes que l'on me conta ? Mon dieu ! Un rat... J'ai peur ! Pourvu qu'il ne me voie pas... Sa longue queue s'agite. Ouf ! Il a plongé dans la rivière... L'idée qu'il revienne vers moi me terrorise. Mais enfin viendra-t-on ? Ah, mon père, comme vous m'avez manqué... Ah si vous aviez été là... pour me protéger de tous les rats du monde... Les rats... Ah ! Les rats... quels horribles animaux ! J'ai l'impression d'avoir toujours vécu parmi eux. Et moi-même, ne suis-je pas devenu un rat ? Non, ce n'est pas possible ! Je n'ai jamais voulu lire ce livre qui se passait à Oran en Algérie, écrit par cet écrivain de gauche. Comment se nommait-il déjà ? Camus... Camus... c'est cela, ! On m'en dit le plus grand bien... Prix Nobel de littérature... Hi ! hi hi ! "La Peste". *Quelle horreur ! La peste soit de l'avarice et des avaricieux ! Je préfère Molière ! Si j'essayais de dormir... Non, il ne faut pas ! Si je ne me réveillais pas... Comme j'aurais voulu connaître le bonheur simple des familles modestes... moi qui ne connus que l'affection de mes nurses et encore... J'enviais Louis Cordelier, mon camarade du lycée Henri IV. J'aimais quand il me parlait de ses parents... Je n'ai aucun souvenir de baisers, de tendresse... Mais moi ? Ai-je une seule fois embrassé mes enfants ? J'entends des Klaxon... Mais pourquoi klaxonnent-ils comme ça ? Cela doit être un mariage... Pourquoi faut-il que, lorsque deux individus s'accouplent leurs invités se vengent sur les avertisseurs de leurs automobiles ? C'est ridicule, cette coutume populaire ! Les pauvres sont tordants !.. Les ombres ont changé de place, le soleil doit être au zénith.* "Là-haut sur la montagne" ... *Pourquoi depuis tout à l'heure les airs de mon enfance me reviennent-ils en mémoire ? La montagne... Elle n'est pas bien haute, la montagne de Kernec ! C'est là que, bien en vue, on pendait jadis les malandrins. Comme on aurait pendu, si les bolcheviques au pouvoir n'avaient pas supprimé la peine de mort, celui qui m'a planté son couteau dans les entrailles...*

LES Rats bleus, petit groupe de rock local, se composait d'un guitariste-chanteur, d'un batteur et d'un bassiste. Les membres de ce trio vénéraient Gene Vincent, rocker américain des années cinquante. Vêtus de "*Lewis*" délavés, de tee-shirts blancs et de blousons de cuir "*Perfecto*", ils promenaient leurs "bananes" de la Montagne au terrain de football, juchés sur des ersatz de Vespa. Leur look n'était guère prisé par les autres jeunes de Kernec aux crânes rasés, ignorant tout des endroits où jadis on tondait les têtes. Ecoutant et réécoutant les "*Stray Cats*", groupe phare de l'époque, lui-même héritier du fameux rocker, ils essayaient d'acquérir leur technique et leur son. Pour ce faire, le guitariste fit l'emplette d'un vieil ampli *Fender* à lampes d'époque. La difficulté était justement de trouver ces fameuses lampes.

Seul, Arthur, un magasin de Verlou, en possédait encore tout un stock. Bientôt les parents furent inquiétés par les proches voisins. En effet, les répétitions étaient laborieuses et surtout très bruyantes. Même si elles avaient lieu le mercredi et le samedi après-midi dans le garage d'un des pères, elles avaient de quoi briser les nerfs et rendre dépressif le plus optimiste des sourds. Toute l'équipe se mit en quête d'un nouveau local. Le plus hardi s'en fut à la mairie et demanda si une salle pouvait leur être prêtée. Hélas, celles qui étaient disponibles se trouvaient de même à proximité d'habitations. Le maire pensa alors au blockhaus de la Montagne. Cet édifice dont la vocation fut toujours de recevoir des étrons demandait un nettoyage poussé et l'installation d'une ligne électrique suffisamment puissante pour y brancher les amplis des jeunes musiciens. Mais le projet fut jugé trop onéreux et abandonné

Le trio avait pour fan le petit-fils du duc, Jean-Baptiste de Kerbouic, surnommé "TrouDUC" ou "DUCon" par les autres élèves du lycée. Il était passionné, lui aussi, par la musique. S'il effectua des études de piano classique, ses goûts étaient beaucoup plus "hardeux". On toléra qu'il apprenne quelques morceaux de jazz, en particulier du ragtime qui rappelait la jeunesse du grand-père. C'est pourtant le duc qui céda. Il était béat d'admiration devant son petit-fils et ne lui refusait rien. Pour ses 16 ans, il lui offrit un synthétiseur aux sons multiples et boîte à rythmes incorporée.

- Cet instrument possède au moins un avantage indiscutable ! Vous pourrez en jouer au casque. C'est du moins ce que m'a certifié le vendeur. Ainsi nous ne devrions pas trop pâtir de votre musique, qui, à ce qu'on m'en a dit, est très bruyante.

Jean-Baptiste fut donc incorporé dans le groupe avec son synthétiseur. Quelques mois plus tard, au cours d'une démonstration devant son grand-père, Jean-Baptiste osa lui demander l'autorisation d'accueillir les Rats bleus :

- Nous jouerions dans ce local situé là-bas au fond du parc. Vous savez, celui où le régisseur...

- Je connais, je connais ! Les Rats bleus, joli nom... Sont-ils au moins polis, vos camarades ? Ils ne sont pas trop excentriques, j'espère ! Votre grand-mère ne sera pas contente... vous savez qu'elle a horreur du bruit ! Il est vrai qu'à cette distance elle n'entendra rien. Et puis après tout, si cela vous chante... chantez mon jeune ami !

Chantez ! Mais, Jean-Baptiste, n'oubliez pas !... Vos études... Vos études avant tout !
De joie, l'adolescent l'embrassa. Si le duc eut un mouvement de recul, il apprécia beaucoup cette marque de tendresse.
Il eut également un geste de recul en découvrant la dégaine du groupe. Quand ils vinrent se présenter, le dernier à s'avancer fut le batteur. Apprenti chez son père, il avait deux ans de plus que ses partenaires. Il fut plus que distant, méprisant, voire insolent envers le duc.
- Salut ! Où est-c'qu'elle est, la baraque ? On y va ou on n'y va pas ? On va pas passer la journée à s'faire des salamalecs.. Merde alors ! J'ai pas qu'ça à foutre, moi ! Faut installer le “matos” !
Si Jean-Baptiste était rouge jusqu'aux oreilles, le duc, lui, était blême. Se souvenant des humiliations que son petit-fils connaissait au lycée et que celui-ci lui avait confiées les larmes aux yeux, il se retint de chasser vers leurs égouts tous ces rats, aussi bleus puissent-ils être !
- La baraque, comme vous dites si bien, mon jeune ami, est une construction, rénovée certes, mais tout de même du XVIIe siècle... Et puis, allez ! Allez vous installer !

Les gosses enfourchèrent leur scooter. Le plus âgé prit le volant de la vieille “4L” paternelle dans laquelle ils avaient entassé la sono et les instruments. Dans un bruit assourdissant, frisant les deux cents décibels, ils traversèrent le parc.

- Qu’est-ce donc ? questionna la duchesse du haut de son balcon.

- Ce n’est rien, mamy, vous pouvez retourner à votre crochet ! Ce ne sont que les amis de Jean-Baptiste... Que voulez-vous... il faut bien que jeunesse se passe... même si en l’occurrence elle passe bruyamment sous vos fenêtres !

Il pensa : *Jamais contente, cette vieille-là ! “Vous n’entendez jamais rien !” me serine-t-elle à longueur de journées ! Et gnia gnia gnia, et gnia gnia gnia ! Elle me conseillera sans aucun doute, mais une fois de plus, d’utiliser un Sonotone !*

LES scintillements de la rivière troublent ma vue... Toutes ces myriades de petites étoiles... Que c’est beau ! Je suis bien... J’ai chaud ! J’entends déjà mon épouse : “Mourir au printemps quand on n’aime que les chrysanthèmes, vraiment...” Est-ce ma faute si j’ai toujours aimé ces fleurs commercialement condamnées à fleurir les tombes... Après tout, ne trouve-t-on pas à présent des cerises en plein mois de janvier ? Où m’enterreront-ils ? A Paris... avec le reste de la famille, dans ce grand caveau glacial ? Personnellement, j’aimerais que ce fût ici, chez moi, dans ce village que j’aime tant... dans lequel on me respecte, où l’on m’estime ! Mais hélas... on ne me demandera pas mon avis, comme d’habitude !.. Mère me présenta ma future épouse, la princesse de Morgueil, au mariage du prince de Hollande... Sa robe du soir était rose bonbon. Courte sur jambes, sa tête arrivait juste à mon torse. Au milieu de son visage, un nez bourbonien cachait une petite bouche ridicule. Qu’elle était laide ! Comme je le faisais remarquer à ma mère, elle m’interrompit : “C’est pourtant avec ce laideron, comme vous dites, que vous allez vous marier, mon jeune ami... pour nos affaires”... ! Ah, les affaires ! J’en ai accompli des choses pour elles ! Moi, j’étais plutôt romantique, littéraire... On me l’a assez reproché. On me citait mes frères en exemple qui, eux, avaient le sens du profit ! Il a bien fallu que je m’y fasse, aux affaires ! Dire qu’elles se sont faites à moi... ce serait bien prétentieux. Quand j’ai dû épouser Elisabeth, nous avions tous les deux vingt-trois ans. Je l'ai toujours détestée... Elle me l'a bien rendu, du reste... Et si, pour perpétuer la race, nous avons dû copuler, ce ne fut jamais avec plaisir... Heureusement que... Hi ! Hi ! Hi !.. Enfin, la vie a passé et je suis resté le dernier ! Mère est morte, Léon est mort, et Eugène l'a suivi de très près. Si Dieu me prête vie, je resterai encore quelques années le gardien du temple, le grand argentier de la fortune des Kerbouic... Mais, avant de mourir, je saurai en faire profiter mes proches ! Qu'ils se le disent, les héritiers de mes frères et ceux de ma belle-famille. Ils m'épient déjà depuis longtemps ! Ils attendent... et leur impatience est parfois outrancière ! Ils voudraient bien me destituer ! L'un d'eux a même avancé dans un conseil d'administration que j'étais gâteux ! L'insolent !... Tiens, revoilà la fourmi ! Elle recommence l'escalade de mon nez ! Qu'elle est agaçante... A propos de nez... Pas un seul de nos enfants n'a hérité de l'appendice disgracieux d'Elisabeth... Heureusement ! Ah ! enfin quelqu'un ! D'où sort-il, celui-là ? Je ne l'ai pas entendu s'approcher !

- Je vais vous sortir de là, monsieur le duc ! Vous m'entendez ?

J'entends... Je reconnais sa voix... C'est ce jardinier !

J'essaie d'articuler quelque chose, mais lui apparemment ne m'entend pas ! Voilà qu'il essaie de me faire pivoter. Non, il abandonne !

- Ne vous inquiétez pas, monsieur le duc, je reviens.

Je l'entends courir, il s'éloigne. Et puis plus rien que les bruissements de la rivière et celui des jeunes feuilles des bouleaux ! Me revoilà seul ! Qu'il se dépêche... Le rat ne saurait tarder à revenir ! Sale bête !...

II

La “Raguevès Investigation”

Il se vendait bien, ce petit quotidien départemental ! Le tirage du samedi frisait les vingt-cinq mille exemplaires. Une histoire d'héritage, sordide comme toutes les autres, nécessita sa vente à un papivore collectionneur de titres. Dès lors, ses bénéfices partirent en fumée vers d'autres journaux à grand tirage. L'équipe rédactionnelle, si elle n'était pas très performante, assurait tant bien que mal et sans prétention ce que les lecteurs aimaient particulièrement lire : les faits divers... surtout s'ils étaient sanglants. Ah ! Quel bonheur quand il y avait un crime ! La rubrique assurait à coup sûr un tirage exceptionnel.

Jeannot Le Raguevès était entré aux *Echos* en 1963. Depuis vingt ans il y était responsable de la rubrique judiciaire. Si, lors de sa visite quotidien-

ne au commissariat, en plus des habituels vols à la roulotte, un inspecteur lui annonçait un assassinat, il téléphonait tout de suite à la rédaction et annonçait solennellement :
- Y'a quelque chose ! Gardez-moi deux colonnes en tête de la page deux !
Tout le journal était alors en effervescence. Du bureau directorial à la rédaction, de la rédaction aux marbres, tout le monde s'agitait. On courait dans les couloirs en attendant son retour. S'il ne revenait pas dans le quart d'heure, c'est qu'au cours de quelques libations avec les enquêteurs il avait appris quelques détails supplémentaires qui rendraient fous de jalousie les titres concurrents.
Le Raguevès acquit ainsi une certaine expérience. Il accompagnait les inspecteurs sur les lieux du crime et à force de prendre note de leurs investigations, il devint lui-même un fin limier.
Hélas, si l'ancien patron de la gazette était indulgent, son successeur ne pardonna pas les états d'ébriété du journaliste. Il fut donc licencié en 1983 après une longue mise au placard.
Agé de 44 ans, après bien des hésitations, mais avec les encouragements de ses nombreux amis, il s'improvisa détective privé. On s'adressa d'abord à lui pour quelques filatures de femmes légères. Il

détestait ce rôle de mouchard. Il attendait impatiemment l'heure et l'occasion de s'attaquer à une vraie intrigue, une histoire abracadabrante, “son” enquête ! Hélas, depuis des années, les assassins avouaient leurs crimes presque avant de les avoir commis.

Pendant dix ans, sa réputation de “démêleur d'embrouilles” lui valut cependant une considération qui dépassa les frontières de la seule ville de Lornet. Elle lui valut également son surnom ! Un soir, sa femme, dans le brouhaha de son bistrot, avait compris lors d'une conversation que son mari était un grand “dépendeur d'andouilles”. Elle ne fut pas choquée de la comparaison et ne réagit même pas, car Jeannot, s'il n'était pas un géant, la dépassait d'une bonne tête.

COMME on était samedi, Louis Martelot, le jardinier, avait dû consulter sur un journal la liste des médecins de garde. Il constata avec soulagement que c'était celui de Kernec qui était de service. Près d'une heure s'était passée quand le

docteur Oncle arriva sur les lieux. L'ambulancier avait garé sa voiture à l'entrée du chemin et arriva quelques minutes plus tard, accompagné de deux brancardiers. Le duc ne répondait plus, il était inerte.
- Trop tard !
Avec beaucoup de précautions, ils retournèrent le corps. Il n'y avait pas d'arme. Au niveau de l'abdomen, une énorme tache de sang mêlé à de la terre maculait ses vêtements. Alors que le docteur prenait son pouls, le duc murmura doucement :
- Je veux être soigné au château... Et surtout n'appelez pas la police ! Qu'on ne fasse aucun bruit sur cette affaire !.. Je compte sur vous, docteur, promettez-moi !
Puis il ferma les yeux et poussa un énorme soupir.
- Il vaudrait pourtant mieux qu'il aille à l'hôpital !
- Vous le connaissez aussi bien que moi... Je ne vais pas risquer de me fâcher avec lui. Il est solide, vous savez... malgré son âge ! J'ai un ami qui a une clinique... Il me prêtera le matériel de transfusion nécessaire et nous l'installerons au château.
Selon les ordres du médecin, les brancardiers chargèrent le corps dans l'ambulance le plus discrètement possible. Sans l'habituelle sirène, ils firent les cinq kilomètres qui les séparaient de la

propriété ducale. Aux explications du docteur, la duchesse s'évanouit et la gouvernante ne dut s'occuper que de sa seule personne. Mme de Kerbouic eut juste le temps de dire :
- Ah ! Décidément, Edouard, vous me ferez mourir !
...et elle tomba dans les bras de Melle Roselle ! Leurs enfants étant partis pour une dizaine de jours à Paris, le jardinier pénétra donc pour la première fois dans les appartements de ses patrons. Pendant que le docteur téléphonait à la clinique, il aida les ambulanciers à installer le duc dans son lit, puis il se retrouva seul avec lui. Kerbouic lui fit un petit signe de la main pour qu'il s'approche du lit. La bouche collée à l'oreille de son domestique, il lui dit :
- Louis... Allez trouver Jeannot Le Raguevès... J'ai appris qu'il était... détective à Lornet... Allez le voir de ma part... Demandez-lui qu'il vienne ici rapidement...
- J'y vais, monsieur le duc, comptez sur moi ! Je vous le ramène...
Le siège social de la "Raguevès Investigation" était en fait le bistrot de l'épouse de Jeannot. A peine le jardinier eut-il prononcé le nom des Kerbouic que le détective l'interrompit :

- Le duc de Kerbouic ? Si je le connais ? Tu parles ! Tu dois t'en souvenir aussi ! Il était en Algérie en 1961 à Oran, quand les colons félons se sont rebellés...
- Quoi ? Qui s'est fait attaquer par des frelons ?..
- Mais non, qu't'es con ! Les colonels... les généraux félons !
Il continua en haussant le ton :
- Il était venu pour essayer de négocier le domaine dont sa famille était propriétaire depuis plus d'un siècle. Il avait fait chou blanc ! Il avait eu chaud ce jour-là ! Obligé de demander l'intervention de l'armée pour se sortir des griffes des fellouzes. Tu dois t'en rappeler mieux que moi ! Dans la soirée, en transit à la caserne, comme il s'ennuyait il est venu au mess ! C'était moi le barman ! Il avait à l'époque ? 50 ans... 55 ans, guère plus !
- T'étais quoi ?
- LE BARMAN ! Merde alors, tu le sais bien ! T'es de plus en plus sourdingue, toi !
-Tu veux bien me laisser parler, s'il te plaît ! Voilà ce qui m'amène ! Ce matin le duc est parti se promener comme à son habitude. Je l'ai retrouvé à une heure moins le quart, dans le petit chemin qui longe la rivière, avec un coup de couteau dans le ventre. Il a perdu beaucoup de sang, mais il est

toujours vivant... il est solide, le vieux, tu sais... Comme il connaît ta réputation de détective, il m'a demandé de venir te chercher. Il ne veut pas que la police soit mêlée à tout ça.
- Pourquoi ?
- Hein ?
- POURQUOI ?
- Je ne sais pas, moi, tu lui demanderas !
- Simone ! dit Jeannot à son épouse, l'index dressé vers le plafond, la voix grave : "La voilà, mon affaire, cette fois-ci c'est la bonne, j'en suis sûr !"
- Comment ça, la bonne ? Melle Roselle ? T'es dingue ou quoi ! affirma le jardinier, elle est gentille comme tout !
- Perdons pas de temps, t'es venu comment ?
- Avec le bus !
- Bon, alors je te ramène !
- C'est sûrement pas la bonne ! J'en suis sûr ! grommela le sourd.
- Ah ! Ta gueule ! *Vraiment ! S'appeler Louis quand on est sourd ! C'est un comble,* pensa Jeannot.
Une demi-heure plus tard, ils étaient sur place. Le docteur, qui avait bien sûr interdit toute visite, refusa de les laisser entrer.
- Pas question de visites avant trois jours ! Soyez assez aimables de revenir plus tard.

Le Raguevès demanda à son ami de le conduire dans un premier temps sur les lieux de l'agression. Il reprirent le parcours du duc En partant du château, ils rejoignirent les rives de la Seiche par un petit sentier qui serpentait à travers bois.

- Pour quelqu'un qui éprouve des difficultés à marcher, ce n'est guère prudent de descendre par-là !

- J'ai eu le malheur un jour de lui dire... Il m'a envoyé chier, dis donc ! J'm'en souviens encore !

- Ecoute... On dirait des voix ! Tu n'as rien entendu ?

- Ah mais oui !... Tout à l'heure il a été plus aimable... même agréable, dommage que ça ne lui arrive pas plus souvent ! Tu sais, y'a des moments... il est vraiment détestable ! Tiens, nous y voilà ! La Roche, c'est par là... Suis-moi !

Pour accéder à un petit arpent de quelques mètres carrés cerné de ronces et de genêts, ils durent se baisser et emprunter un passage taillé probablement par des braconniers.

- C'est là que je l'ai trouvé ! dit le jardinier.

- Là ? Mais qu'est-ce qu'il est venu foutre jusqu'ici ? Tu te rends compte, vu sa taille, il a dû ramper pour arriver là ! Et toi, comment l'as-tu trouvé ?

- Ah ça ! Il aurait été bien mieux à l'hôpital !

Le Raguevès haussa les épaules. Il fouilla dans les plus proches taillis, puis, à genoux, chercha d'éventuelles empreintes qui auraient pu lui indiquer une piste. Les herbes couchées témoignaient effectivement de traces de lutte, de l'emplacement du corps, mais il ne trouva rien de vraiment exceptionnel. Ils repassèrent par le layon et regagnèrent le chemin qui conduisait à la gare de Kernec. Là encore, il était difficile de relever quelque indice. Les trous d'eau, la boue n'avouaient rien de particulier. Les ambulanciers, le jardinier, le docteur l'avaient eux-mêmes emprunté. A l'extrémité, devant les deux pierres et la chaîne interdisant toute circulation, il y avait les traces d'une voiture, l'ambulance bien évidemment.

- Dis donc, on irait bien s'en jeter un p'tit !

Devant le mutisme de son compagnon il lui fit comprendre par geste et se dirigea vers le Pont-Neuf pour rejoindre l'estaminet faisant presque l'angle avec la route qui menait à la nationale. Au passage, le jardinier se pencha par-dessus le parapet pour regarder deux saumons magnifiques qui remontaient la Seiche.

- Surtout, pas un mot de l'agression, hein ! précisa le détective.

Devant le bistrot, par prudence, il joignit le geste à la parole en faisant avec son index une croix sur ses lèvres.
- Bonjour, messieurs dames !
Ils s'installèrent au fond de la salle. Dès qu'ils furent servis, ils comprirent que tous les clients ne parlaient déjà que de l'affaire. On avait sans nul doute trahi les volontés du duc et les commentaires allaient bon train. Puis, le Louis invita Jeannot :
- Ma maison est à deux pas... Viens boire le dernier pour la route ! Après j'te ramènerai devant le château avec ma bagnole !

Mardi 4 avril 2001

LE RAGUEVÈS se présenta donc le mardi matin, à huit heures trente, devant les grilles de la propriété. Ce fut Mlle Roselle qui vint lui ouvrir.
- M. le duc va beaucoup mieux, il n'est pas encore réveillé. Je le veille jour et nuit. Il a un sommeil agité, comme vous pouvez l'imaginer. Sa plaie se cicatrise lentement. Il m'avait prévenue de votre visite.

- Je peux attendre son réveil si c'est préférable !
- Non non ! Il ne serait pas content. Il vous attend avec impatience. Je vais l'avertir de votre arrivée... Entrez !

Il attendit dans le hall d'accueil dans lequel était accrochée toute une galerie d'ancêtres. De petites plaques de cuivre indiquaient le nom, la date de naissance et de décès de chaque aïeul. Les visages n'étaient guère sympathiques, sauf peut-être un grand-père grisonnant aux joues replètes, l'œil égrillard et qui semblait avoir été un bon vivant.

- Si vous voulez me suivre ! dit Melle Roselle depuis l'encadrement d'une porte.

Le Raguevès la suivit dans un corridor. Puis il entra, passant devant la gouvernante, dans la chambre ducale. Assis dans un lit à baldaquin, la tête posée sur de gros oreillers et les bras au-dessus des draps, le duc, d'un petit geste de la main, lui fit signe d'avancer.

- Surtout, monsieur le duc, ne vous fatiguez pas ! Rappelez-vous ce que le docteur vous a recommandé ! crut bon de préciser Melle Roselle.
- Ça suffit, laissez-nous ! Allez vous occuper de Madame ! Approchez, Jeannot, ne restez pas si loin. Tenez, prenez une chaise et venez à côté de

moi ! Je ne peux faire de grands gestes, relié comme je suis à ces bouteilles de sérum...

- Je suis très heureux de vous revoir, monsieur le duc. J'aurais préféré d'autres circonstances... Il y a combien de temps que nous ne nous étions pas rencontrés ?

- La première fois c'était en Algérie, vous vous souvenez... et puis plusieurs fois au journal, lors de visites que je rendais à M. Le Chaînier, le directeur des *Echos*... Alors ! J'ai appris dernièrement que vous aviez monté une agence d'investigation ! Vous êtes d'une telle perspicacité que déjà votre réputation est notoire, vous savez ! Non, non, je n'exagère pas. C'est d'ailleurs à ce sujet que j'ai demandé à Louis de vous quérir. Figurez-vous que samedi matin, lors de ma promenade, un individu a essayé de me tuer... moi, un vieillard ! Je n'ai pu reconnaître mon agresseur, puisqu'il m'a attaqué par-derrière, juste au moment où je me baissais pour cueillir de jolies petites primevères ! J'ai senti sur mes épaules tout le poids de son corps. De son bras gauche il m'a bâillonné et de l'autre m'a planté son couteau dans le ventre ! Je suis tombé face à terre et je n'ai pu voir que ses souliers couverts de boue qui s'éloignaient rapidement... Ils étaient vernis avec

une boucle d'or sur le dessus... Enfin, quand je dis or... plutôt en laiton ou tout autre toc !... Je suppose. Vous allez me le retrouver, ce voyou, n'est-ce pas ?
- Votre jardinier m'a conduit sur les lieux samedi après-midi ! Nous avons fait une sorte de reconstitution !
- Très bien. Vous comprenez que, vu mon rang, je ne veux pas faire la une des gazettes ! La police, je n'en veux pas non plus. Avec leur discrétion habituelle, gyrophare et sirène, ils ameuteraient tout le département. Avec vous, ce sera différent, je sais que je peux compter sur votre discrétion.
- Certainement, monsieur le duc... Peut-être pourrions-nous commencer par vos propres soupçons. Voyez-vous quelqu'un dans vos relations ou, excusez-moi, dans votre famille, qui puisse vous en vouloir au point de vous assassiner ?
- Vous savez, quand on a de l'argent... Les gens qui vous envient ne manquent pas. Et dans ce cas ma famille est assez fortunée pour être hors de soupçon !
- Au cours des dernières semaines, n'avez-vous pas eu d'altercation avec vos... actionnaires, par exemple ?
- Non, je ne me souviens pas ! Vous savez, je n'ai

plus, à proprement parler, d'activités professionnelles... Je vis de mes rentes à présent ! Hi ! Hi !.. Il faut absolument que je m'empêche de rire, cela me fait souffrir terriblement ! Tout ce que je sais, c'est que mon agresseur devait être très grand. Quant à vous le décrire... Je vous l'ai dit, je n'ai aperçu que ses chaussures et avec de tels escarpins... ce ne peut pas être un paysan du coin ou encore moins un braconnier que j'aurais surpris !
- Cette semaine, avez-vous eu des rencontres inhabituelles ?
- Attendez que je réfléchisse ! Le maire est passé mardi. Je suis allé moi-même poster quelques lettres au bourg jeudi... Pas de réceptions en fin de semaine... Non non, rien d'extraordinaire. Une semaine très calme !
- Décidément, vous ne m'aidez pas beaucoup, monsieur le duc ! Ce ne sera pas facile ! A propos, pourquoi êtes-vous entré par ce petit passage à travers les ronces ?... Moi-même, j'ai eu beaucoup de difficulté à pénétrer dans ce petit enclos ! Et pourtant je suis légèrement plus petit que vous !
Il eut la délicatesse de ne pas comparer leurs âges.
- Je vous l'ai dit, j'avais aperçu des primevères et des jonquilles... C'est beau, les jonquilles ! Vous ne trouvez pas ?

- Si, si, bien sûr ! Il ne me reste plus qu'à vous saluer, monsieur le duc... Je vous tiendrai au courant du déroulement de mon enquête...
- Très bien ! A bientôt ! Merci mon ami... Vous me direz pour vos honoraires.
- D'abord remettez-vous, ne vous inquiétez pas pour ça !

Dans le large couloir, il croisa la duchesse.
- C'est vous le... le détective privé ?

Elle haussa les épaules.
- Décidément Edouard ne fera jamais rien comme les autres ! Avez-vous déjà une idée ? Non bien sûr ! Eh bien, monsieur, je vous souhaite bon courage... Ça ne sera pas simple... Rien n'est simple avec mon mari ! Jamais...

Elle tourna les talons.

Eh bien ! Accroche-toi, mon Jeannot ! Toi qui rêvais d'une véritable enquête... te voilà servi ! pensa Le Raguevès en démarrant sa vieille Fiat Tipo. *Par quoi commencer ?... Je vais aller discuter avec le maire. Il doit être au mieux avec le duc. Sans*

doute pourra-t-il me renseigner sur son éminent concitoyen.
- Ah non ! M. le maire est à Vantes aujourd'hui ! Il ne reçoit en principe que le samedi matin... Voulez-vous prendre rendez-vous ?
- Vous êtes sûre que je ne puis le rencontrer plus tôt ? C'est d'une extrême importance et je... je suis recommandé par le duc de Kerbouic...
- Ah ! Excusez-moi ! Je vais noter sur son agenda votre nom et votre recommandation... Peut-être pourra-t-il vous recevoir demain matin ? Soyez assez aimable de repasser vers neuf heures, neuf heures trente ! Excusez-moi, monsieur !
Il se retrouva sur le trottoir. Après avoir admiré l'architecture de la mairie, datant du XIIIe siècle, il remonta la place et se dirigea vers le café-PMU. Rutilant de Formica, de cafetières expresso, de pompes à bière, les clients bronzaient sous les sunlights de l'étagère suspendue au-dessus du bar. Pour certains, le temps d'exposition devait être dépassé. Le Raguevès s'installa à une table au-dessus de laquelle était fixé au mur un plateau amovible d'où un téléviseur retransmettait en boucle les courses hippiques. Heureusement le patron, depuis le matin, avait coupé le son. Après avoir commandé un demi, Le Raguevès demanda s'il

pouvait consulter la presse locale. Yvonne, la serveuse, occupée à astiquer les vitres de la porte d'entrée, lâcha ses chiffons et lui apporta les journaux. Mais qui était donc cet étranger ? Les habitués se questionnaient du regard et Jeannot les observait discrètement par-dessus ses lunettes. Il lui fallait absolument sympathiser avec eux s'il voulait glaner quelques tuyaux. Son copain Louis était véritablement trop sourd... et il lui avait avoué la veille qu'il ne fréquentait pour ainsi dire jamais les bistrots du bourg. Enorme handicap pour le détective qui suivait, à la lettre et depuis toujours, les conseils de son ancien rédacteur en chef : "C'est dans les bistrots que vous entendrez les meilleures informations." *Attendons avant de faire notre choix... Il doit bien y avoir un monsieur "Je-sais-tout" dans le bourg...*
Et de fait... Il arriva !...
- Salut Yvonne... Salut tout le monde !
- Salut tout seul !
- Y'en a des qui disent que l'duc s'rait mort ! Il a reçu un coup de couteau. On l'a ram'né chez lui et pas très vaillant !
- Ouais... On a su ! Moi, personnellement... le duc, j'en ai rien à foutre ! Ces bourgeois-là, c'est riche comme Crésus. Ils n'ont jamais rien foutu de

leurs dix doigts ! C'est bien la preuve qu'en 89 on n'a pas coupé assez de têtes...
- Oh ! Faut pas dire des choses comme ça ! répondit la patronne, occupée à servir un paquet de gauloises et à refiler quelques Morpions à une cliente. C'est un brave homme, le duc et tellement poli avec ça ! La semaine dernière, il a même parlé avec Ben Zaoui... La preuve qu'il n'est pas fier !
- Avec Ben Zaoui ?..
- Oui oui, ici même... devant... sur le trottoir !
- Eh ben justement, y'en a des qui disent que ça s'rait lui l'assassin ! Ces crouilles-là, c'est toujours à jouer avec le couteau. J'me rappelle en Algérie, dans les Aurès... Vous n'avez pas connu ça vous, bandes de branleurs ! Les tripes ouvertes et pleins de cailloux qu'on les r'trouvait, nos copains !
Le Raguevès se leva, s'accouda au bar à côté du nouvel arrivant et commanda un autre demi, il lui demanda :
- Vous avez fait l'Algérie ?
- Ben pas qu'un peu ! Trente-huit mois... ça vous cause-t-y ?
- Moi aussi !... J'étais à Oran !
- Alors bienvenue au club, comme y disent, les jeunes ! Vous étiez aussi dans les paras ?
- Non ! J'étais dans... dans les transmissions !

Il détestait tous ces anciens combattants, aux propos racistes ! On lui avait volé ses vingt ans... on l'avait déguisé en assassin... d'autres en tortionnaires... Il n'avait jamais revendiqué une quelconque gloriole de cette participation aux "événements", comme on les avait sournoisement surnommés, pis, il en avait honte.
- Y'en a des qui disent que ça bardait aussi à Oran... P'têt pas autant qu' dans les Aurès... mais tout d' même !
- Alors comme ça vous avez des Arabes à Kernec ? Vous prenez un verre ?
- Ça se r'fuse pas, merci !.. Des bougnoules ? Y'en a partout maint'nant. Mais pour c'qui est de c'lui-là, y'en a des qui disent qu'il est ben gentil ! Il est souffleur de verre ! Pauv'gars ! Y doit pas bouffer gras tous les jours avec un métier pareil ! Y manque pourtant pas de souffle !
Il éclata d'un grand rire qui fit se lever quelques paires d'épaules.
- Dis donc ! l'apostropha un jeune homme, tes "Y'en a des", ça s'rait pas toi par hasard ?
- Ah dame non ! J'ai entendu ça au bistrot du Gros Poilu à Kernec-Gare ! Je l'jur' sur la têt' des gosses ! Et pis laisse-moi tranquille... j' cause avec ce monsieur !

- Tu pourras lui dire toi-même, à Ben Zaoui, y va pas tarder à venir prendre son demi !

- Ah mais moi, j'ai rien dit ! Je n'fais que répéter c'que j'ai entendu ! Et pis vous m' faites chier ! J'préfère m'en aller, tiens ! Merde alors ! On n'est même plus maître chez soi ici !

Il vida son verre d'un trait et, sans remettre sa tournée comme l'aurait voulu la coutume typiquement bretonne et plus particulièrement kernécoise, il laissa Le Raguevès dubitatif devant tant de courage !

Effectivement, quelques minutes plus tard, Ben Zaoui entra dans l'établissement !

- Salut la compagnie !

Il serra la main de toute la clientèle et même celle du détective qu'il n'avait pourtant jamais vu.

- Y'a l'duc qui s'rait mort à c'qu'on dit, lui glissa au passage un consommateur qui, jusqu'à présent, était resté muet, tout comme l'écran qu'il regardait, les yeux fixes, depuis une heure. Entrecoupant sa réponse de ricanements sympathiques, le souffleur de verre répliqua :

- Ah le vieux machin ! il est mort ? Il ne m'emmerdera plus avec son lustre... Chaque fois qu'il m'apercevait, il me branchait là-dessus !

- Ah ! Celle-là, elle est bonne ! T'es vraiment impayable, toi ! s'esclaffa le patron.
Comme personne n'avait ri, il précisa :
- Eh ben oui quoi ! Un lustre... branché... dessus !

Il n'eut guère plus de succès, sauf peut-être un léger rictus du petit homme muet. Ben Zaoui continua :

- Oui, mais en attendant, jamais il ne m'a passé commande ! Pour moi c'était l'Arlésienne, cette suspension. Tu parles... un boulot qui frisait les 45 000 francs ! Je lui avais fait un devis... Il était d'accord sur le principe... Mais après, pendant trois ans, il a joué les amnésiques. Il m'en parlait à chaque rencontre, avec chaque fois le même dialogue ! Comme si c'était la première fois qu'il me voyait ! C'est comme son champagne... Jamais il ne m'a offert un seul verre ! Bof ! Il était rigolo, ce vieux bonhomme ! Légèrement casse-couilles avec ses courbettes, mais allez savoir pourquoi, je l'aimais bien quand même !

Intéressant, pensa Le Raguevès. *Pour quelqu'un qui crève la dalle, une telle commande refusée pourrait provoquer des envies de meurtre.* Il inscrivit, bien sûr, Ben Zaoui comme un éventuel suspect. Il en fut encore plus convaincu quand, se baissant pour ramasser son briquet, il remarqua les chaussures du Maghrébin... Elles étaient noires, ornées de boucles d'or !

QUE tous ces tuyaux de perfusion m'énervent ! Mais je vais de mieux en mieux. Dans une semaine je me promets d'être debout ! Cela fait bien trois fois que je tire sur cette sonnette et personne ne vient !... Vraiment, à quoi me sert-elle, cette... cette domestique ! Elle m'a donné à lire un roman complètement stupide ! Elle va finir par me mettre de mauvaise humeur ! Je grogne toujours contre tout... Grogner contre tout est pour moi une preuve de vitalité ! Un homme qui ne grogne plus est, à mon avis, un homme éteint, un demi-cadavre ! Cadavre, ce mot me répugne. Et puis l'idée de disparaître me terrorise ! Celle de satisfaire l'impatience néfaste d'héritiers avides de pouvoir et de richesses me dégoûte !.. Les enfants ont été prévenus, mais, comme je me remets tranquillement, ils ne rentreront pas avant la semaine prochaine. Mon petit Jean-Baptiste doit être inquiet ? Mais enfin que fait donc la Roselle ? Je vais finir par arracher ce cordon ! La voilà enfin !

- Il y a bien une heure que je vous sonne, mademoiselle ! Vous flânez !

- Oh, monsieur le duc, ne soyez pas désagréable ! J'étais avec Madame !

- Madame, Madame !.. Mais enfin ! qui a reçu un coup de couteau dans cette demeure ? C'est Madame ou c'est moi ? Je vous pose la question ! Avez-vous eu des nouvelles du détective ?

- Non, monsieur le duc... aucune, mais... excusez-mon impertinence... croyez-vous que cet individu soit suffisamment compétent ? Avec son chapeau mou, son vieil imperméable et son teint aviné, il n'est guère reluisant.

- C'est moi qui l'ai choisi ! Je le connais depuis longtemps ! On le dit d'une grande perspicacité. Qu'importe sa tenue ! Dites donc, votre roman... c'est une véritable ineptie ! C'est stupide, cette histoire... Je vous avais demandé l'ouvrage sur Franchet d'Espèrey écrit par cet historien de Lornet...

- Je ne l'ai trouvé nulle part ! Un libraire va se charger de le commander.

De quoi se mêle-t-elle, cette bonne femme ? Si j'ai embauché ce pauvre Jeannot c'est justement parce que j'ai mes raisons ! Comme je ne voulais pas de policiers, il fallait tout de même qu'une enquête soit menée... Sinon la famille risquait de se poser des questions !

Mercredi 5 avril 2001

QUAND le maire le fit entrer dans son vaste bureau, le mercredi matin, Le Raguevès apprécia tout de suite sa convivialité. Le téléphone sonna. A travers la conversation de l'édile et de son interlocuteur, il put constater sa bonne humeur. Quand il riait, ses yeux se plissaient tant qu'ils se transformaient en deux petites fentes :
- Oui !. A bientôt ! Excusez-moi, je suis obligé de vous laisser... Oui, un rendez-vous ! C'est cela ! Oui !.. A bientôt !
Tout en téléphonant, son regard s'était fixé sur un courrier qu'une secrétaire avait laissé sur son bureau.
- Excusez-moi !
Il se leva, traversa la salle et après avoir ouvert la porte du secrétariat, balança le document à travers la pièce :

- Qui a tapé cette lettre ? C'est inepte et pourri de fautes ! C'est inadmissible ! Vous êtes définitivement nulle ! Vous allez me retaper ça en vitesse.
Puis il revint sur ses pas.
- Excusez-moi ! Donc, cher monsieur, c'est le duc qui vous envoie... Comment va-t-il ? Je n'ai pas encore eu le temps de me rendre à son chevet. Que puis-je faire pour vous ?
- Voilà ! Pour éviter une trop importante médiatisation, M. de Kerbouic m'a engagé comme détective privé. Je suis censé retrouver l'individu qui a tenté de l'assassiner samedi dans la matinée.
- Ah c'est vous ! Si je peux comprendre que M. le duc ne veuille pas donner son agression en pâture à la presse, la moindre des choses aurait été que l'on prévienne la gendarmerie ! Le capitaine m'a fait part de son mécontentement ! Il n'interviendra pas, vu la personnalité de la victime, mais... Quant à vous, pour être tout à fait franc, il ne vous estime pas du tout ! Il est très en colère. Je ne vous conseille pas de lui demander un quelconque renseignement. Ne comptez pas sur lui pour vous aider dans vos démarches !
- Je n'en avais nullement l'intention, monsieur le maire. Si vous le permettez, j'aimerais vous poser quelques questions.

- Oui, mais très rapidement, s'il vous plaît, j'ai plusieurs rendez-vous ce matin. De votre côté, avez vous déjà quelques soupçons ?
- Oh ! Pas grand-chose, mais j'ai tout de même un premier suspect en la personne de M. Ben Zaoui !
Le maire leva la tête et ricana de façon fort méprisante :
- Vous êtes fou ou quoi ? Il est absolument impossible que ce brave garçon ait commis un tel acte ! Il a été adopté unanimement par toute la population... même par le duc, d'ailleurs ! Vous êtes raciste peut-être ? Ecoutez ! Un bon conseil : cherchez ailleurs... Dans l'entourage du duc... son personnel peut-être... qui sait ? Je suis bien évidemment désolé de ce qui lui est arrivé et en ce qui me concerne je peux vous assurer que je mettrai tout en œuvre pour que l'on retrouve son assassin... enfin son agresseur ! Apprenez, monsieur que... le duc, sous ses aspects de haute civilité, est un vieux monsieur capricieux ! Il use de tous les avantages afférents à la vieillesse et au rang qu'il occupe. Nous l'aimons aussi pour ça ! Je suis désolé, mais à présent je dois vous quitter.
Il se leva, traversa le hall d'entrée et ouvrit la porte à Le Raguevès qui se retrouva, pour la seconde fois,

seul sur le trottoir, devant la mairie. *Merde ! Me voilà avec les autorités sur le dos ! Quant au maire, je ne pense pas qu'il m'accordera un autre rendez-vous. Quand il a su qui j'étais, son joyeux caractère s'est vite ombragé. A moins que ce ne soit cette secrétaire qui l'ait contrarié ? Je n'ai même pas eu le temps de lui poser la moindre question ! Je vais retourner au PMU retrouver les autochtones... Ils seront peut-être plus bavards !*
En parcourant les deux cents mètres qui séparaient la mairie du bistrot, il croisa trois énergumènes chevelus et mal vêtus portant sous leurs bras des cartons à dessin. *Des artistes sans doute,* pensa-t-il. Jeannot se retourna après leur passage et les vit entrer à la mairie. *Beaucoup de marginaux pour un si petit village !* Sa réflexion lui fut confirmée par le patron du bar.
- Oh ! la la ! Mon pauv' monsieur, si vous saviez ! Chez ces gens-là, on n'a pas le sou et forcément, on ne fréquente guère les bistrots. A mon avis, ils doivent boire chez eux ! S'ils espèrent vendre leurs cochonneries !..Vous avez vu leur exposition ? Ma femme et moi on y est allé pour voir ! C'est horrible ! Je n'en voudrais même pas pour mettre dans mes chiottes ! Je préfère le calendrier des postes !

- C'est ce qu'ils doivent appeler de l'art contemporain, précisa Le Raguevès. Par curiosité, j'irai jeter un œil cet après-midi ! En attendant servez-moi un demi, s'il vous plaît.

- Vous êtes de passage ? En vacances peut-être ?

- Mais où logent-ils, tous ces artistes ?

- Oh la la ! Mon pauv' monsieur ! Le maire a acheté une ancienne propriété sur les bords de la Seiche et il en a fait une "maison d'artistes". Une sorte de communauté, quoi ! Là, ils ont leurs ateliers... mais aussi leurs appartements... Et bien sûr qui c'est qui paye ? Je vous le demande. Non mais ! je vous le demande... Eh bien c'est nous ! Vous savez, ça va lui jouer un mauvais tour, au maire... Vous verrez aux prochaines élections ! Enfin tout ça, ça ne vous intéresse pas, vous, vous n'êtes pas du coin... Vous êtes... ?

- Vous avez les journaux ? Je vais aller m'asseoir.

Il reconnut les habitués, toujours là, fidèles au poste. Un petit gros, court sur pattes, d'une cinquantaine d'années, le visage aussi lisse qu'une râpe à bois, fumait tranquillement sa gitane maïs. D'un coup de sa main droite aux ongles jaunes, longs et sales, il souleva sa casquette "américaine" Kronenbourg, aussi rouge que son nez. Il trinqua

avec un garçon beaucoup plus jeune que lui, au verbe aussi haut que stupide.
- Alors fainéant...Tu travailles pas cette semaine ?
- Fainéant toi-même ! J'suis malade moi mon gâs ! J'suis en arrêt depuis quinze jours. J'ai reçu une plaque de polystyrène sur le bras. Mon patron m'a prévenu que ce n'était pas la peine que je revienne ! Tu t'rends compte ! Alors j'suis comm' qui dirait au chômage ! Les vacances continuent... j'vais aller pointer !
A côté d'eux, assis sur un tabouret, devant son verre de vin rouge, le même petit monsieur l'œil glauque et absent, la tête penchée à 45°, regardait les chevaux galoper sur l'écran aussi muet que la veille. Un grand bonhomme, à la chevelure blonde et raide, commanda son troisième pastis... A côté de lui, sur un tabouret, trônait un sac plastique débordant de champignons. Comme personne ne semblait s'intéresser à lui, il imposa, haut et fort, à tout le bar, sa recette personnelle pour la cuisson des cèpes. Avec force détails, il mit toute l'assistance en appétit. Il ne manquait que l'odeur...
- Et tu mets du vin rouge dans ta sauce ? questionna le patron de plus en plus intrigué.
- Toujours du vin rouge ! affirma le spécialiste.

Les autres compagnons semblaient saliver. Hélas pas un seul n'aurait, après leurs libations matinales, suffisamment d'appétit pour avaler la plus petite girolle. “Ils mangent dans leur verre”, comme disait parfois le patron qui les remplissait quotidiennement.
Je n'apprendrai rien ce matin, pensa Jeannot en fermant son journal. *L'autre avec ses “y'en a des” ne viendra plus. Espérons que cet après-midi, ils seront plus loquaces ! En attendant, je vais aller fureter du côté des artistes !*

Le Raguevès avait garé sa voiture à l'entrée du parc et il avait parcouru à pied les quelques centaines de mètres qui menaient au manoir de Saint-Colomban. Une dizaine d'individus, mâles et femelles, étaient allongés sur la pelouse devant le bâtiment longeant la Seiche. Il y eut quelques mouvements. Puis, avec regret, un des leurs se leva et vint à la rencontre de l'intrus.
- Bonjour, ami, vous êtes le bienvenu au “manoir des artistes”.

Il ne lui manque qu'une couronne de fleurs, à ce gentil tocard pour me croire à Woodstock, pensa Jeannot.
- Bonjour ! On m'a dit que vous exposiez de façon permanente dans ce cadre idyllique... Je peux jeter un coup d'œil ?
- Eh bien, ami... en fait... rien n'est totalement en place ! Nous préparons notre exposition d'été... et nous avons travaillé toute la nuit. Mais si cela vous intéresse, je peux vous faire découvrir quelques-unes de nos créations !
- Volontiers !
Il suivit le peintre dans un premier atelier situé au rez-de-chaussée.
- C'est très sombre ! Vous arrivez à peindre avec aussi peu de lumière ? Autrefois les peintres travaillaient dans de gigantesques verrières !
- Nous préférons travailler de nuit. Toute la lumière se trouve dans nos toiles. Vous semblez intéressé ? Si vous le désirez, je peux vous communiquer quelques prix. Avez-vous déjà prévu un budget ?
- Non.
- Vous avez raison, il faut savoir se faire plaisir... Alors, voyons, au hasard... Cette peinture-collage,

réalisée à l'acrylique, est à 15 000 francs. Celle-ci est à...50 000...
- 50 000 francs ! Ce n'est pas donné, dites donc... Il faut être fortuné pour pouvoir réaliser de tels investissements !
- Nous pouvons vous accorder quelques facilités !
- Si je peux payer en plusieurs mensualités, cela peut effectivement changer la donne ! Ecoutez... je vais réfléchir... Je suis de passage à Kernec et je dois rendre visite à un ami... le duc de Kerbouic.
- Le duc de Kerbouic ? Mais il me connaît, il doit m'acheter... incessamment... une œuvre... Attendez, je vais vous la montrer...
Il fouilla dans un tas de toiles retournées et empilées contre un mur.
- Ah ! la voilà.
Il la retourna et l'installa sur un chevalet. Puis, la tête penchée, tout en reculant, il commenta :
- Oui, c'est celle-là que le duc avait préférée ! C'était lors de l'inauguration de l'Atelier d'Augusta, Il m'avait fait l'honneur d'une grande considération.
Le Raguevès paraissait béat.
- Mais comment se fait-il que vous l'ayez conservée ?

- J'habitais Paris à l'époque... Quand je suis venu m'installer ici, j'ai bien entendu essayé de reprendre contact avec lui. Je l'ai croisé la semaine dernière, mais hélas, il m'a confié qu'il avait connu quelques déboires financiers et que son achat était remis à une date ultérieure !

- Le duc ? des ennuis financiers ? Vous y croyez vraiment, jeune homme ?

- C'est ce qu'il m'a dit en tout cas... mais effectivement... maintenant que vous m'y faites penser... C'est assez peu probable.

L'artiste se troubla. Le visage empourpré, il ajouta :

- On m'a dit qu'il promettait beaucoup de choses aux artistes. Hélas, il n'honore pas toujours ses promesses, c'est très décevant et pour tout dire agaçant. Il y a des moments où l'on perdrait son calme. Mais... s'il vous plaît, je compte sur votre discrétion. Quand vous le verrez, ne lui dites surtout pas un mot de ce que je viens de vous dire. Soyez gentil... Je ne voudrais pas louper une affaire !

- Je vous le promets ! Continuez à dormir tranquille.

Ils allaient sortir quand, passant au pied de l'escalier, Jeannot trébucha sur un panier duquel roulè-

rent sur le sol carrelé plusieurs chaussures. Il y avait une paire de vernis noirs à boucles d'or...
- Oh ! Excusez-moi, fit Le Raguevès en se penchant pour les ramasser, que je suis maladroit !
- Laissez, laissez...
- Dites donc, celles-ci sont très élégantes...
- Oui... Vous comprenez, pour les vernissages, il faut avoir une tenue correcte... Merci ! Tenez posez-les là, s'il vous plaît.
Le détective pensa : *Une paire de pompes, c'est bien, mais deux... bonjour les dégâts.*
Il retourna au bourg. *Allons boire un verre avant d'aller chez le duc... Qu'est-ce que je vais lui raconter ? A part le fait qu'il ne s'attire pas que des sympathies dans le milieu artistique... et cette drôle d'histoire de godasses !*
La même équipe de soiffards était là, augmentée de quelques anciens à l'allure plus soignée et surtout beaucoup moins avinés. Le grand blond aux cheveux raides, que les autres appelaient le Marquis, n'avait pas dû rentrer chez lui. Le sac de champignons était toujours à côté de lui mais ne débordait plus. *C'est normal, pensa Jeannot, les champignons, ça réduit énormément !* L'ivrogne, les coudes sur le comptoir, la tête entre les mains, ricanait de tout et surtout de ses histoires. Son

pantalon glissait lentement et l'on apercevait la raie de ses fesses.

La serveuse, en venant apporter le demi de Le Raguevès, gonfla ses joues et leva ses grands yeux noisette au ciel :

- C'est pénible, vous savez ! Depuis ce matin dix heures qu'il est là !

- Vous n'avez qu'à le foutre dehors, répondit Jeannot qui connaissait bien le problème.

La serveuse haussa les épaules.

- Ce n'est pas si facile, je ne suis pas chez moi !

- Effectivement, je comprends, bon courage ma pauvre amie !

- Moi, messieurs, je suis un grand ami du duc, clamait au bar le chercheur de champignons. Personnellement il m'a même autorisé à faire quelques cueillettes sur ses terres... D'ailleurs nous sommes voisins, lui et oups moi !

Ça devient intéressant pensa Jeannot.

- Merde ! V'là qu'j'ai attrapé le hoquet ! Si je connaissais le salaud qui a tenté de l'assassiner... De ma fenêtre j'les ai bien vus passer samedi, oups le toubib et l'ambu... oups ! lance.

Jeannot se leva et s'approcha de lui :

- Et avant vous n'avez vu passer personne ?
- Vous êtes qui, vous, d'abord ? J'ai l'impression de vous connaître !...
- Un grand ami du duc...
- Les amis du duc sont mes amis et les ennemis du duc sont quand même mes amis... Par'c'que, au cas où on l'oublierait... j'suis républicain, moi, monsieur, qu'on se le dise, oups mon cher monsieur ! Prenez un verre avec moi !
- Non, je vous remercie, je suis déjà servi.
- Avant ? J'ai rien vu passer... Si, un lapin, un tout p'tit !
Il éclata de rire. Jeannot retourna s'asseoir. Il appela la serveuse.
- Où il habite, votre énergumène ?
- A la gare, tout près du pont... Vous voulez le ramener ?
- Euh !.. pourquoi pas !
- Eh ! Marquis !... Y'a le monsieur qui descend à la gare, profite de l'occasion !
- T'es bien brave, toi ! Je le suis... Qu'est-ce qu'il a comme voiture ?
- Une Fiat
- C'est d'la merde... mais enfin... on va pas jouer les difficiles, hein ?

Il fallut plier le grand “quinze côtes” pour qu'il parvienne à s'asseoir sur le siège. On lui attacha, tant bien que mal, la ceinture de sécurité autour du cou.
La descente du corps fut plus rude. Jeannot était seul et l'énergumène somnolait.
- C'est là ! Là ! La la... maison qui fait l'angle !
- Avant de vous quitter, je voudrais vous reposer ma question ! Vous êtes sûr de n'avoir vu personne samedi matin, à part Louis, le docteur et l'ambulancier ?
- Louis ? C'est qui, celui-là ? J'connais pas !
- Il est jardinier chez le duc.
- Ah ! Le sourdingue... Attends que je réfléchisse... Non, j'l'ai pas vu ! oups ! Parole d'honneur... Allez ! Viens boire un p'tit coup... Tu peux pas m'laisser comme ça ?
- J'vais m'gêner ! Votre prénom c'est ?
- Appelle-moi Marquis, comme tout le monde ! Bon ! J'crois bien que j'vais aller m' coucher !
Jeannot l'accompagna devant sa porte. Après bien des hésitations, le Marquis réussit à trouver le trou de la serrure.
Son appartement donnait effectivement sur le chemin et il aurait pu, sans aucun doute, voir l'agresseur s'enfuir.

Jeannot regarda sa montre, il était dix-huit heures. *Trop tard pour aller chez le duc. Demain, il fera jour... et celui-là aura dessaoulé.*

Jeudi 6 avril 2001

SI KERNEC reprenait vie, la jolie place, abandonnée par les commerçants, était devenue quartier résidentiel. Le marché avait été créé par la municipalité pour pallier sa désertification. Des dizaines de déballeurs installaient leurs étals dès les premières heures du jeudi matin dans l'enceinte murée, bordée de platanes. Pour le chaland, un choix de denrées aussi hétéroclites que bon marché était proposé. De la toile cirée aux pains artisanaux, du poisson à la quincaillerie, de la blouse paysanne à la dégustation de vins de pays, on y trouvait toujours son bonheur !
Devant les difficultés à stationner, Jeannot rebroussa chemin. *Comme il faut que j'aille voir le duc, profitons-en !*
Après avoir astiqué ses souliers sur les jambes de son pantalon, il s'apprêtait à sonner quand il

aperçut le Louis travailler un parterre de rosiers.
- Ohé ! la classe ! Tu viens m'ouvrir ?
- J'arrive... Attends deux secondes !
Le jardinier se dirigea vers une petite armoire dans laquelle se trouvait le système de sécurité. Un portillon, sur le côté droit des grilles, s'ouvrit.
- Alors, le grand détective... Tu viens nous annoncer l'arrestation de l'agresseur ?
- Je voudrais bien, mais hélas ! Dis donc, tu ne dois pas chômer avec tous ces massifs et ces pelouses ?
- Parle plus fort s'il te plaît !..
Le Raguevès répéta plus haut.
- Tu es bien le seul à t'en rendre compte ! J'ai bien demandé de l'aide, mais, comme la sœur Anne, je ne vois venir personne !
- *Et en plus, il est aveugle,* pensa Jeannot. Dis donc... tu connais l'espèce de mec de la gare de Kernec qu'on appelle le Marquis ?
- Tu veux dire le duc... Où veux-tu qu'il soit ? Il est dans son lit, tiens ! Il ne risque pas de courir demain matin dans le jardin !
Jeannot haussa le ton et près de l'oreille de son ami, répéta sa question.
- Si je l'connais, l'Marquis ? Bien d'trop ! Dans le genre casse-bonbons, on fait difficilement mieux !

Il est toujours bourré ! Pourquoi tu m' demandes ça ?
- Il était chez lui, derrière ses carreaux, samedi matin !..
Il répéta plus fort :
- SAMEDI MATIN... et il ne t'a pas vu passer, ni avant, ni après l'agression...
- Ben et alors ? Après avoir découvert le duc, je suis remonté téléphoner par le bois et après que le toubib et l'ambulancier s'en soient occupé... j'ai repris le même chemin pour les rejoindre au château.
- Ta maison, elle est bien près de la gare ?
- Ben oui tiens ! Tu le sais bien, puisque tu es v'nu boire un coup samedi soir !
L'explication pouvait paraître plausible, mais quelque chose gênait Le Raguevès.
- Tiens ! Voilà Melle Roselle... Tu vas pouvoir entrer dans le château. Moi, je m'en vais... Ils n'aiment pas que l'personnel parle aux visiteurs.
- Bonjour, mademoiselle, fit Jeannot en faisant semblant de soulever son chapeau, comment va monsieur le duc aujourd'hui ?
- Justement, se doutant de votre visite, il m'a demandé de l'excuser. Il se sent légèrement fati-

gué et ne pourra vous recevoir ! J'espère que cela ne va pas contrarier votre emploi du temps ? A propos, avez-vous quelque chose de nouveau ?
- On avance, on avance !

ALLEZ les ménagères ! N'hésitez plus ! Trois paires pour le prix d'une ! Les mémés... les nanas... les ménagères... Des prix sacrifiés chez André... André, le roi de la chaussure !
Les camelots y allaient de leur baratin ! Un soleil timide traversait les jeunes feuilles des arbres et réchauffait quelques grands-mères toutes vêtues de noir. La clientèle du marché, hélas, n'était plus de la première jeunesse. Les jeunes retraités, uniformisés dans leurs incontournables survêtements et parkas de matière plastique grisâtre, beige, voire kaki, chaussés des mêmes Nike, semblaient tous sortir du même orphelinat. Leurs déplacements et chacun de leurs mouvements étaient ponctués du même bruit désagréable de crissements synthétiques. Pour tous ces gens, le marché

était l'occasion de se retrouver et de converser avec une vieille copine ou un vieux copain. L'horloge de l'ancienne mairie sonna onze heures. Dans cette foule, Jeannot ne passa pas inaperçu. Son imperméable n'était plus de la première jeunesse et son Borsalino gris, auréolé de taches de transpiration, attiraient les regards. Il errait entre les éventaires quand, sur le tronc d'un arbre, il remarqua une affichette photocopiée qui annonçait, pour la fin de matinée, la prestation d'un groupe local de rock and roll. La mairie qui souhaitait à tout prix rajeunir la clientèle avait pensé que ce genre d'attraction attirerait quelques Kernécois supplémentaires. Quelques jeunes gens s'affairaient au fond de la place, transportant du matériel de sonorisation. Le concert était prévu vers onze heures trente. Les membres du jeune groupe s'isolèrent quelques instants derrière des rideaux afin de revêtir leurs tenues de gala, un accessoire, à leurs yeux, absolument indispensable. Ils entrèrent sur "scène" dans des costumes bleus à paillettes et entamèrent, la banane dans le rythme : *"Blue suede shoes"*.

Marie-Jeanne Le Guélennec se boucha les oreilles. Avec sa copine Jeannine le Bourlot, elles se réfugièrent rapidement dans l'église. Elles avaient

apporté quelques bouquets pour fleurir l'autel et, après un *Notre père* puis deux *Ave Maria* vite dits, elles profitèrent d'une pause de l'orchestre pour s'enfuir de cette place devenue lieu de perdition.
Jeannot appréciait la qualité des jeunes musiciens... Cette chanson, autrefois interprétée par Elvis Presley, lui rappelait son adolescence. Il ne pouvait empêcher son pied gauche de marquer la mesure. Et c'est justement en essayant de le contrôler qu'il remarqua les chaussures des Rats bleus. Le trio portait les mêmes souliers vernis, ornés d'une boucle d'or. *C'est pas possible,* pensa-t-il, *c'est un cauchemar !*
Le groupe entonna *"Fever"*.
Le détective s'approcha de l'espace qui servait de scène et près d'une enceinte, questionna un adulte qui semblait être leur protecteur.
- Ils sont très bons ! Vous semblez bien les connaître...
- Le batteur, c'est mon fils !
- Félicitations ! Ça ne nous rajeunit pas, tous ces airs ! Ils ont de beaux costumes, dites donc. Ils ont poussé le détail jusqu'aux chaussures !
- Ah ça, c'est pas vieux ! Ils se sont payé ces godasses la semaine dernière... Ici même... Il y

avait un déballeur qui en possédait tout un stock. D'ailleurs il n'a pas dû l'épuiser, puisqu'il est revenu ce matin.
Jeannot partit aussitôt à la recherche du camelot. En contournant les vitrines réfrigérées du boucher, il crut avoir une hallucination : une centaine de paires de chaussures identiques étaient là, bien rangées par pointure, posées sur le dessus de leur boîte en carton.
- Bonjour ! Combien vos chaussures ?
- Cinquante francs... Des godasses pareilles, vous n'en trouverez pas à des cent kilomètres à la ronde.
- Vous avez du 45 ?
- Bien sûr, monsieur ! Tenez ! Essayez-les, si vous le désirez !
- Vous n'avez que ce modèle-ci ?
- Ah oui... et je peux vous assurer que ça part comme des petits pains ! Des chaussures tout cuir, vous pensez ! Dame, c'est pas tous les jours qu'on trouve pareille occasion !
- Ma femme sera surprise... C'est elle qui me les achète d'habitude ! Donnez-m'en donc une paire, s'il vous plaît.
Jeannot repartit, complètement désabusé, vers le PMU, avec son carton sous le bras. Il fredonna la

chanson de Brassens : *Avec mes p'tit souliers j'avais l'air d'un con... ma mère...* Tous ceux qu'il avait suspectés avaient les mêmes chaussures et elles venaient toutes, sans aucun doute, du même soldeur.

AH SALUT l'ami ! Alors, vous êtes bien rentré hier soir ? J'en tenais une bonne, pas vrai ? Venez, pour vous remercier de m'avoir ramené, je vous offre un verre.
Ils s'installèrent à la même table, sous le téléviseur muet.
- Dites donc, dit le Marquis, vous êtes un petit curieux, vous. Vous en posez, des questions ! J'avais beau être bourré, je me souviens quand même que vous m'avez parlé du sourdingue. Je ne l'aime pas beaucoup, ce bonhomme-là ! Sous prétexte qu'il travaille depuis une quarantaine d'années chez le duc, il se prend pour je ne sais qui.
- C'est souvent comme ça, hélas... Les larbins sont souvent plus fiers que leurs maîtres !
- Comme vous dites !

- Et vous persistez à dire que vous n'avez pas vu Louis, le matin de l'agression ?
- Non ! Chaque matin, effectivement, pour se rendre à son boulot, il passe par là... Je le vois pratiquement tous les jours ! Mais pas samedi... J'en suis sûr. J'ai même pensé qu'il était en congé.
- Il a peut-être pris sa voiture ?
- Sa voiture ? Jamais il ne la sort du garage !
- Il l'a bien sortie pour me ramener samedi soir jusqu'au château !..
- Sa vieille Panhard ? Eh ben dites donc ! Vous êtes bien vu, vous ! C'est bien le diable si, malgré son âge, cette bagnole a cinq mille bornes au compteur ! C'est bizarre, je ne l'ai pas entendue passer. Remarquez, c'était de très bonnes voitures, mais alors très très bruyantes ! On les entendait arriver de loin ! Je ne sais pas si vous le savez, mais... jamais un piéton ne s'est fait écraser par une Panhard !... Pas même un sourd !.. C'est historique, ce que j'vous dis... Qu'est-ce que vous transportez dans votre carton ?
- Hélas... des chaussures !
- Pourquoi hélas ?
- Parce que...

Jeannot pensa qu'il était trop tôt pour révéler qu'il enquêtait pour le compte du duc.

- Vous êtes Jeannot Le Raguevès, n'est-ce pas ? Rassurez-vous, je ne le dirai à personne... Parole d'ivrogne ! Vous êtes sur le coup ?
Jeannot hésita encore un instant, puis, pensant que de toute façon il lui fallait jouer de nouvelles cartes, il avoua.
- Eh oui ! Mais que ça reste entre nous. Comment se fait-il que vous me connaissiez ?
- Oh ! C'est très simple... Je travaillais chez Boiluc, juste à côté des *Echos.* J'allais boire le coup, tous les jours, chez votre femme.
- En attendant, le grand "dépendeur d'andouilles", comme elle m'appelle, est en rade. Les indices que j'avais pu glaner ici ou là sont ici... dans cette boîte de chaussures !... Vous prenez un autre verre ?
- Je ne comprends rien à votre histoire de godasses. Mais moi... j'ai de bonnes raisons de penser que l'agresseur vient de Paris... Le samedi matin, j'ai vu plusieurs fois la même bagnole rôder dans le secteur de la gare et un individu élégamment vêtu est même passé dans le chemin. Remarquez que, vu la boue, il n'a pas dû aller très loin ! Il est repassé très vite, le pantalon relevé jusqu'aux mollets ! Un snob, quoi !
- Et cette voiture ?...

- Numéro 2254 LMV 75, une Alfa Romeo noire, dernier modèle !
- Bravo ! S'il vous plaît, mademoiselle ! La même chose ! Vous auriez fait un bon détective.
- Non, pensez-vous ! Mais en tant qu'ancien mécano, je ne peux m'empêcher de regarder les belles voitures... et celle-là, bon Dieu ! elle était belle !
- Il faut que je vous quitte, je dois aller faire mon compte rendu au duc... Je n'ai pas pu le voir hier, il n'était pas bien ! Merci pour le tuyau et à bientôt !

QUEL cinéma, cette grille et cette sonnette ! Enfin, avec le peu de choses que j'ai à lui dire... Il est préférable que le duc ne m'ait pas reçu ! Mais aujourd'hui, il faut absolument que je le voie... S'il faut que j'aille à Paris, il va falloir qu'il banque, le vieux...
- Bonjour, mademoiselle.
- Entrez, monsieur !
Ils repassèrent par la galerie des ancêtres où les

vieux tromblons le regardèrent avec une mine toujours aussi réprobatrice... *Ils me font à moitié peur ces cons-là.* Il chercha, pour se rassurer, la toile du pépère à l'œil coquin.
- Vous semblez attiré par le grand duc Alphonse... remarqua Melle Roselle. C'était, d'après ce que nous en savons, un véritable tyran...
Ah ben merde ! Tant pis ! Il semblait pourtant plutôt sympa, pensa Le Raguevès. Il crut bon d'ajouter :
- Le duc Edouard lui ressemble légèrement.
- Vous ne pouvez mieux dire... A tout niveau d'ailleurs !
Ils arrivèrent devant la chambre. Elle frappa, puis ouvrit la porte. Le duc attendait, assis dans un fauteuil Voltaire mauve !
- Entrez, mon cher Jeannot ! Entrez... Alors quoi de neuf ?
- Eh bien monsieur le duc... Je suis heureux de constater que votre santé s'améliore ! Voilà trois jours que j'enquête et j'avoue avoir suivi, depuis le début, une fausse piste. Mais, ce matin, un témoin...
- Comment ça, une fausse piste ?
- Eh bien, vous m'aviez donné comme unique

renseignement les chaussures de votre agresseur... vernies avec une boucle d'or. Je me suis obnubilé sur ce détail et j'ai effectivement trouvé !
- Ah, très bien !
- Cinq propriétaires... En fait, j'en ai trouvé plus d'une centaine de paires chez un soldeur, sur le marché ! D'ailleurs je n'ai pu résister à en faire moi-même l'acquisition !
- C'est pas Dieu possible... Une centaine, dites-vous ? Quelle coïncidence ! Vous avouerez que nous n'avons pas de chance, lâcha le duc, un sourire narquois sur les lèvres.
Et en plus il se fout de ma gueule, pensa Le Raguevès.
- Par contre, je vous disais que, ce matin, un témoin m'a assuré avoir vu, le jour de votre agression, une automobile parisienne rôder dans le secteur et un individu s'engager dans le chemin. Il a noté le numéro et je vais aller enquêter à Paris.
- A Paris ? Mais vous êtes fou ! Ça va vous coûter une fortune !
- Justement, si vous pouviez m'accorder une avance...
- Euh ! Bien sûr, voyons... Vous demanderez à Melle Roselle en sortant... Elle vous fera un chèque. Mais vous allez vous perdre, à Paris !.. C'est

grand, vous savez ! Personnellement, je ne peux y vivre désormais que quarante-huit heures... c'est invivable. Nous sommes tellement mieux ici !
- Je vous l'accorde, je préfère également nos petits bourgs, mais, hélas, si je dois retrouver votre agresseur, je n'ai pas tellement le choix ! Et puis, rassurez-vous, je connais bien Paris. J'y ai vécu quelques années !
- Ah oui ? Moi, je ne supporte plus le seizième... Figurez-vous que je me suis vu dans l'obligation de faire installer un système d'alarme dans notre immeuble situé boulevard Léautaud. Il y a tellement de cambrioleurs ! Vous allez voir à quel point les gens sont méchants... L'installateur, après avoir fini sa tâche, m'a bien sûr communiqué le numéro du code d'entrée. Eh bien ! Devinez sa trouvaille ? Je vous le donne en mille : 1...7...8...9... ! 1789 ! C'est d'un goût !..
A défaut d'éclater de rire, Le Raguevès ne put s'empêcher de sourire.
- Ne croyez-vous pas repartir encore sur une fausse piste ? Ce n'est pas parce qu'un Parisien se promène dans le pays que l'on doit l'accuser de toutes les lâchetés !
- Non, sûrement. Mais en cette saison, les touristes en costumes trois pièces visitent rarement

les chemins boueux... surtout quand ils sont interdits !
- Evidemment, évidemment... Vous avez sûrement raison. Vous êtes seul juge et vous avez carte blanche ! Eh bien, mon ami, il ne me reste plus qu'à vous souhaiter bon voyage !

IL COMMENCE à m'inquiéter, ce "Jeannot détective"... Et puis la Roselle avait peut-être raison ! Il est peut-être un peu trop négligé... Il va jouer les Cendrillon à Paris et rechercher sa paire de chaussures... Il reviendra bredouille dans sa citrouille à quatre roues ! Quelle idée de garder cette vieille guimbarde ? La Roselle m'en a fait une telle description ! Hi ! Hi ! Hi... Comique ! Quelle heure est-il ? Je commence à avoir faim, moi ! Si je tentais de quitter seul ce fauteuil ! Elles en feraient une tête, mes deux bonnes femmes si j'arrivais debout dans la salle à manger... C'est peut-être risqué ? Et puis après tout... je suis bien plus tranquille dans ma chambre ! Que va-t-il découvrir, ce Raguevès, à Paris ? Ce qui m'ennuie, c'est qu'indubitablement il va rencontrer la famille ! Je n'aime pas ça ! Je ne l'ai guère encouragé... Le méritait-il d'ailleurs ?.. J'ai plus de plaisir à dire des méchancetés, des mots piquants que des félicitations. Les compliments m'embarrassent, ne me sont pas naturels et il faut tant me forcer que j'y renonce la plupart du temps ! Hi Hi ! Hi !.. Ce voyage ne me plaît guère... Bof ! Après tout, ça leur fera les pieds aux héritiers et Jeannot pourra toujours leur revendre ses fameuses chaussures ! Hi ! Hi !..

QUAND Jeannot rentra chez lui, un chèque de 10 000 francs dans la poche, il était d'une telle bonne humeur que sa femme crut qu'il avait encore abusé de la bouteille.
- Comment ça, tu pars à Paris ?
- Une nouvelle piste... La seule qui semble intéressante, d'ailleurs. Je vais appeler Lionel, il me logera bien pendant une semaine...
La valise fut préparée après la fermeture du bistrot.
- Qu'est-ce que c'est que ce carton ?

- Ah c'est vrai, je ne t'ai pas raconté, je me suis payé une paire de chaussures ce matin sur le marché de Kernec ! Pas chères... cinquante balles.
- Ce doit être de la sacrée camelote ! Elles sont en plastique, tes godasses ?
- Non, pas du tout !.. Regarde : tout cuir !
- Tu les as essayées au moins ?
Jeannot les enfila et fier de son acquisition, se tourna vers son épouse. Elle éclata de rire :
- Tu n'as rien remarqué ?
Jeannot baissa les yeux, souleva le bas de son pantalon et haussa les épaules :
- Non ! Elles sont très bien, ces pompes-là !
- Regarde les boucles. Tu vas te casser la gueule, mon pauvre garçon !
- Ah merde !
Les boucles d'or étaient toutes les deux des boucles de droite. Le passant de cuir avait été cousu du même côté et les deux chaussures donnaient l'impression qu'il s'agissait du même pied.
- Eh ben dis donc ! T'as vu ça tout de suite, toi ! J'avais pas fait gaffe !
- Pour un détective, c'est pas très fort ! Mais, rassure-toi, mon Jeannot, tu es quand même très élégant !

- Remarque... ça ne m'empêche pas de marcher !
Il fit trois tours de chambre.
- Le camelot a dû acheter toute la série ratée... Il en avait des centaines !

III

...La vie parisienne !

Lundi 10 avril 2001

C'ÉTAIT la première fois que Jeannot prenait le TGV. Il ne fut guère enthousiasmé par cet espèce d'autorail à grande vitesse. S'il en apprécia effectivement la vitesse, il pesta contre le couloir central quand, pour la troisième fois, il fut réveillé par un coup de valise reçu en pleine tête. Il regretta alors les vieux wagons compartimentés avec leur couloir séparé. Son ami Lionel l'attendrait comme convenu à la gare. *Depuis combien de temps ne l'ai-je pas vu ? Sûrement une bonne dizaine d'années... Lui au moins a su faire le bon choix. Il n'a pas attendu d'être viré ! Quand le patron est mort, il s'est fait embaucher au* Grand Journal. *Il n'a pas connu le défilé de conards à la direction des* Echos *! Faut dire* *qu'il était autrement plus littéraire que moi ! Aussitôt arrivé, on lui a confié les affaires criminelles... Ses comptes rendus d'enquête étaient de véritables petits chefs-d'œuvres.* Un message précédé d'un signal sonore tintinnabulesque annonça l'arrivée en gare Montparnasse. A travers les vitres, quand le train fut presque arrêté, il reconnut son ami qui l'attendait sur le quai. Jeannot ne s'était pas encombré de bagages. Seule une petite valise en carton bouilli qu'il avait gardée depuis ses années de pensionnat l'accompagnait. Le bouton pressoir d'une des serrures ayant rendu l'âme, il avait assuré la fermeture à l'aide d'un tendeur aux couleurs jaune et verte en torsade du plus mauvais goût.

- Salut, mon vieux Jeannot ! Je suis heureux de te revoir !

- Et réciproquement, ma vieille branche !

- Alors on enquête dans la capitale ? Ça c'est de la promotion, dis donc !

- Te fous pas de ma gueule ! Tu devras peut-être me supporter quelques jours, voire quelques semaines... C'est ma première grosse affaire et je ne veux pas la rater ! Je compte sur toi et tes relations pour m'aider.

- T'inquiète ma poule ! Demain il fera jour... On

s'y mettra tous les deux, mais ce soir on va d'abord fêter nos retrouvailles.
Lionel habitait rue d'Auteuil, dans le seizième arrondissement. Ses indemnités de retraite n'auraient certainement pas suffi à financer l'achat ou la location d'un tel appartement, situé dans cette rue prisée de quelques stars du show-biz. Il l'avait hérité d'on ne savait plus qui et restait discret sur l'origine de cette donation. Qu'importe ! Au deuxième étage, deux chambres donnant sur balcon faisaient l'angle de l'immeuble. Dans l'une d'entre elles, Lionel installa Jeannot qui resta suffoqué devant la grandeur de la pièce, les moulures du plafond et les étagères remplies de livres aux reliures anciennes.
- Tiens, tu dormiras-là-dessus !
C'était le seul meuble incongru de cet appartement de luxe. Entre de nombreuses piles de revues, recouvert d'une couverture rêche de couleur grisâtre et ornée de deux larges rayures marron, un lit de fer kaki détonnait franchement dans le décor.
- Impeccable... Ça va me rappeler l'armée ! Sauf qu'il y avait moins de bouquins !
- Bon ! Assez causé... Pose ta valise ! J'ai réservé une table dans un petit resto, tu m'en diras des

nouvelles. On va prendre le métro... La station est à deux pas !
- Tu n'as pas de bagnole ? demanda Jeannot.
- Non ! Je n'en ai plus. Un jour que j'étais bloqué dans une file, j'en ai eu marre. Un con de flic m'engueulait parce que je ne redémarrais pas assez vite. Je suis sorti de mon véhicule, j'ai balancé les clefs et je me suis barré à pied ! Si t'avais vu sa tronche... Il me courait après en me suppliant de ne pas l'abandonner. J'ai dû payer une amende... et puis voilà ! La bagnole a été mise en fourrière et depuis je marche ou j'utilise le métro. Tu verras : on circule deux fois plus vite !
"S'il faut que je file le train de l'Alfa Romeo en courant derrière, je vais devenir champion du marathon, pensa Le Raguevès. Au cours du repas, s'ils se remémorèrent les heures joyeuses passées aux *Echos,* ils parlèrent surtout de l'enquête. Trouver le propriétaire de l'Alfa Romeo ne posait guère de problème pour Lionel. Il avait gardé ses entrées dans bien des commissariats et suffisamment d'amis pour lui donner les renseignements concernant l'identité du principal suspect. La famille de Kerbouic fut aussi, bien évidemment, au centre des conversations.
- Leur immeuble ne doit pas être très loin... Bou-

levard Léautaud ? Ce doit être le coin des aristos ?
- Oh tu sais, des aristos, il y en a plein le seizième... C'est un vrai nid ! C'est comme les putes, y'en a plein les allées ! Un de ces jours on fera la visite des principales avenues. Tu verras, c'est huppé !

Mardi 11 avril 2001

LIONEL était parti depuis maintenant deux heures. Jeannot était impatient de connaître le résultat de sa démarche. Afin d'éviter de trop longues explications, son ami avait préféré se rendre seul au siège de la Police judiciaire, où, avait-il prétendu, un inspecteur n'avait rien à lui refuser. En attendant, Le Raguevès avait parcouru les rayons de la bibliothèque et puis ceux de la discothèque. Il partageait avec son ami la même passion pour la chanson française. Enfin, expliquaient-ils souvent : "la chanson écrite en français... il y a nuance" ! Il découvrit tous les enregistrements de Léo Ferré, de Georges Brassens et consorts. Juste au-dessus, sur une longueur d'un

mètre cinquante, s'alignaient les CD des interprètes français et internationaux du poète moustachu. Un autre rayon très fourni était consacré aux Frères Jacques et à Yves Montand... Il entendit la porte s'ouvrir.
- Alors ?
- Pierre Lescuret !
- Quoi, Pierre Lescuret ?
- C'est le nom du propriétaire de ton Alfa Romeo, il habite au 10 de la rue d'Alésia dans le quatorzième. C'est à deux pas de l'impasse Florimont[1]. L'appartement 414, au quatrième étage ! Qu'est-ce qu'il te faut de plus ? Il serait agent artistique, ton mec !.. Son casier judiciaire n'est pas vierge... Effectivement... Mais nous n'y avons trouvé que de petits larcins... rien qui justifierait sa présence dans une ratière[2] !
- Avec des rats bleus peut-être ?
- Quoi bleu ?
- Non rien... Les Rats bleus, c'est le nom d'un groupe de rock de Kernec. Excellent d'ailleurs... Il y a peut-être un lien avec l'affaire, si tu me dis que notre Parisien est agent artistique ! Dès cet après-

(1) - C'est dans l'impasse Florimont, chez la Jeanne, que Georges Brassens habita plus de vingt ans et où il composa quelques-unes de ses plus belles chansons.
(2) - Ratière : prison.

midi, je vais me mettre en filature. Tu es sûr de tes informations ? Elles ne datent pas de quinze ans par hasard ?
-Tu penses bien qu'on a vérifié ! Il habite toujours à la même adresse, un immeuble grand standing. Tu iras tout seul, car cet après-midi je dois me rendre à une réunion d'"anciens combattants".
- Tu milites là-dedans, toi ?...
- Mais non, Ducon !... Mes anciens combattants à moi, ce sont les retraités du journal ! On se retrouve tous les mois, et c'est pas triste !
Vers quatorze heures, Jeannot prit donc le métro pour rejoindre le quatorzième arrondissement. Ce fut une véritable aventure pour ce provincial convaincu et fier de l'être. De la plus proche station, il dut changer de train au Trocadéro puis à Denfert-Rochereau pour arriver quarante minutes plus tard à la station Alésia. Pendant son voyage, il put observer ses contemporains. Tous avaient la mine triste et le teint blême. Ils semblaient ne pas se voir et s'ignoraient totalement. Les rares conversations étaient couvertes par les grincements du train ou les chuintements des ouvertures de portes. Un chanteur mi-accordéoniste mi-clochard faillit se faire lyncher... C'est vrai qu'il chantait faux et que bien des touches

manquaient à son piano du pauvre. *Mais tout de même ! De la musique dans ce tintamarre mécanique aurait pu mettre un semblant de gaieté, un rayon de soleil...* pensa Jeannot. Dehors il pleuvait. Sur les trottoirs, les troncs noirs des arbres dressaient leurs membres atrophiés comme des poings dressés vers les cieux si peu cléments. Le printemps était en retard à Paris. Quelques centaines de mètres séparaient la station du métropolitain de l'immeuble où logeait le nommé Lescuret. La pluie semblait être pour les Parisiens une catastrophe climatique. Les gens sans parapluie couraient en tous sens. Ceux qui en possédaient devenaient des dangers publics pour leurs concitoyens. Tous avaient la tête dans les épaules et le regard fixé au sol. Jeannot n'avait même pas accéléré son pas. *Ce n'est tout de même pas un petit pipi d'oiseau comme ça qui va faire peur à un honnête Breton.* Il se souvenait de ces années où un provincial se faisait traiter de plouc à chaque coin de rue. A présent le complexe de supériorité avait changé de camp. Les Parisiens enviaient ces ruraux qui respiraient à pleins poumons la bonne santé, le bon air, le petit jardin biologique et qui, de surcroît, conduisaient en ville aussi bien qu'eux ! Il faut dire que les provinciaux subissaient les mêmes débilités routières

urbaines, pondues par des technocrates imbéciles qui rétrécissaient, "rond-pointisaient" et installaient autres pièges à cons tous les cent mètres. *Dans beaucoup de ces villes on doit avoir recours au "pouf-pouf ce sera toi" pour trouver un élu qui accepte d'endosser ces "responsimbécillités"... A moins qu'on n'ait sous la main un élu communiste... Un moyen comme un autre pour le faire détester un peu plus par la population !*
Situé à l'angle des rues Losserand et Alésia en face du numéro 10, un bistrot offrait une terrasse couverte. Jeannot s'y installa. Il était le seul client. Le garçon, en tenue réglementaire, mit un certain temps avant de venir prendre sa commande et lui témoigna sa mauvaise humeur.
- Il fait meilleur à l'intérieur ! Qu'est-ce qu'il va boire ?
- Un demi, s'il vous plaît, vite fait, bien frais... cela va de soi !
Il guettait toutes les voitures. Chaque Alfa Romeo lui provoquait une poussée d'adrénaline. Il lui fallut attendre presque dix-neuf heures et boire plusieurs tournées, au grand dam du serveur, pour qu'enfin celle qu'il recherchait s'arrêtât devant la barrière du parking souterrain situé au pied de l'immeuble. Le numéro d'immatriculation était le

bon. Le conducteur avait le cheveu court, presque ras, et portait des lunettes noires. Une porte automatique se leva et l'automobile s'engouffra dans le garage souterrain. Jeannot laissa sa monnaie dans la soucoupe. Il traversa la rue et s'engagea dans l'entrée de l'immeuble. Deux ascenseurs étaient à disposition. Au sous-sol, lequel prendrait son suspect ? Le détective appuya sur les deux boutons d'appel. Les portes du premier s'ouvrirent... Personne ! Quand le second s'arrêta, il s'engagea sans hésiter. L'inconnu demanda :

- Bonsoir ! Quel étage ?

- Cinquième, s'il vous plaît !

Pierre Lescuret avait enlevé ses lunettes et Jeannot put à loisir découvrir son visage. Il avait une quarantaine d'années. Sous un grand front, deux petits yeux bleus perçants semblaient empreints d'inquiétude. Une barbe de trois jours, savamment contrôlée, qui aurait pu paraître déplacée si la mode n'autorisait dorénavant cette négligence, entourait une bouche lippue. Sur un badge accroché à une boutonnière de son très élégant manteau noir, il pouvait lire qu'il était exposant au Salon international du Livre, porte de Versailles, du 6 au 13 avril. On était le mardi 11. Après

quelques petits sursauts, la cabine s'immobilisa au quatrième.
- Bonsoir, fit l'homme
Les portes de l'ascenseur se refermèrent lentement, en hoquetant, laissant à Le Raguevès le temps d'observer que l'appartement de Pierre Lescuret était juste en face. Arrivé au cinquième, il redescendit un étage par l'escalier de service. Prudemment, dans l'obscurité il écouta derrière la porte de son suspect. Il sursauta. Le téléphone sonnait. Il entendit distinctement la conversation. L'appareil devait être installé dans l'entrée.
- Allo ! Ah, c'est toi !.. Salut Maurice !.. Oui, je sais, demain c'est la nocturne... Quoi ? Tu veux que je duplique deux douzaines de CD dans la nuit... T'es dingue ou quoi ! On en a vendu quarante cet après-midi ! C'est pas mal, non ? D'accord, mais tu t'occupes des pochettes ! OK ! Oui, si tu veux... Allez salut, à demain ! J'ouvrirai le stand demain matin.

Mercredi 12 avril 2001

LE LENDEMAIN Jeannot se rendit bien entendu porte de Versailles. Lui qui adorait les livres, joignit ainsi l'utile à l'agréable. Il fit l'ouverture et tout de suite, il fut saisi par l'immensité du salon. Des milliers d'éditeurs proposaient leurs collections dans des stands savamment décorés et aux tailles multiples. Comment retrouverait-il son suspect dans cette marée humaine ? Il prit un plan, qu'une jolie et jeune hôtesse déguisée en Chaperon Rouge “mini-jupée” lui proposait. Il releva son chapeau sur le haut de son crâne *Commençons par le commencement ! Il y a dix allées... de A à J et de 1 à 200 stands par allée. J'ai pas fini ! A moins d'un coup de pot, je n'aurai pas assez de deux jours pour retrouver mon pingouin.* Il remarqua que beaucoup d'éditeurs étaient regroupés dans des structures régionales. *Je devrais sûrement trouver les Bretons là-dedans !* Il consulta son plan. *Ah ! Ils sont là ! Allée H de 1 à 5, allons-y !*

Il fut guidé par un immense Gwenn ha Du qui dépassait fièrement de tous les stands de l'allée H. Curieusement, les Bretons étaient installés devant une buvette et tout près de Radio France... Il parcourut la structure et s'arrêta devant un premier étal. Il fut tout de suite interpellé par l'éditeur. Vêtu d'un blazer bleu marine, un fier monsieur au crâne chauve, aux joues couperosées et aux yeux rieurs, lui déclara :

- Vous avez devant vous une très belle collection de romans policiers C'est notre spécialité. Autrefois les intrigues se déroulaient toujours chez les Américains... même si les auteurs étaient français, comme vous et moi. Nous avons l'honneur et le privilège de n'éditer que des "polars" régionaux. Voici notre petit dernier : *Lornet Interdite.*

- Effectivement, dites donc ! D'après vos titres... on tue autant en Bretagne qu'à Chicago. J'habite moi-même à Lornet... Je vais vous prendre ces deux-là ! J'ai de longues heures d'attente devant moi... Cela me passera le temps !

- Agréablement monsieur, agréablement, je vous le garantis !

- Ne vous laissez pas séduire par ce beau parleur, lui glissa à l'oreille, tout en riant, un concurrent installé juste en face... Vous ne connaissez pas notre collection ? Venez, je vais vous la présenter.

- Constatez, monsieur ! On racole les clients jusque chez moi à présent... Ne l'écoutez pas ! Il

n'a rien vendu aujourd'hui. Il est un peu jaloux ! Je le comprends, remarquez ! Mais... que voulez-vous... la qualité... ça paye !
Le Raguevès comprit que ces échanges verbaux étaient amicaux. Les deux éditeurs semblaient amis et riaient de leurs joutes verbales. Il suivit donc l'homme âgé d'une quarantaine d'années, aux cheveux courts poivre et sel et au sourire rayonnant. Quant tout à coup, dans l'allée juste en face, il aperçut Pierre Lescuret qui s'enfonçait dans la foule.
- Excusez-moi... Je reviendrai... promis.
Il laissa en plan l'éditeur stupéfait et fila le train à son suspect.
Pour un coup de pot c'est un coup de pot ! pensa-t-il, *la chance est avec toi, mon gars !* Comme il y avait beaucoup de monde dans l'allée, il dut le suivre à distance. Heureusement leur grande taille facilitait les choses. Au numéro 45 de l'allée J, Lescuret pénétra dans un stand aux tentures rouges. “La Commune en lutte”, tel était le nom de la maison d'édition. Le Raguevès se mit à fouiller parmi les livres. Il s'agissait d'ouvrages historiques. Un autre rayon était consacré aux CD. Il remarqua un disque qu'il ne possédait pas : *Les chansons anti-cléricales de Georges Brassens.* A la

lecture de la pochette, il comprit tout de suite qu'il s'agissait d'une compilation. Il se renseigna auprès d'une vendeuse :
- C'est votre maison qui édite ces disques ?
- En ce qui concerne celui-ci, ce sont des amis italiens qui le produisent... Autrement, tout ce qu'il y a sur ce stand représente notre production annuelle.
A l'étude, il s'agissait de disques pirates. Les pochettes étaient de fabrication artisanale et Jeannot repensa à la conversation téléphonique de la veille. Du fond du stand, Lescuret s'approcha. Le Raguevès eut peur qu'il ne le reconnaisse. *C'est possible s'il est un tantinet physionomiste*, pensa-t-il, *mais c'est peu probable... à la lueur de ce néon blafard d'ascenseur, il n'aura pas eu vraiment le temps de mémoriser ma tronche et puis... il passe tellement de monde devant ces stands...*
- Monsieur a besoin de renseignements, il cherche peut-être un témoignage... une chose rare ? Une preuve... Vous aimez l'histoire ?
- Non ! Ce n'est pas ma tasse de thé... J'étais seulement intéressé par ce Brassens, mais en fait j'ai déjà toutes les chansons !
- Vous savez, à présent, avec Brassens, il n'y a plus guère de surprises !

- C'est vous qui le dites ! Il est mort, c'est entendu... mais!
- Nous avons en nouveauté les discours les plus éloquents, avec traductions, d'un des plus grands dictateurs de l'humanité... Edoua.. Heu ! Qu'est-ce que je dis ! Adolf Hitler... sa police secrète...
Alors là... Il m'a sûrement reconnu ! J'ai vraiment l'air d'un con, avec mes gros souliers... Tiens, à propos de souliers... Non, les siens sont marron en cuir tressé ! Eh merde !
- Je vous remercie... Je vais réfléchir. Je reviendrai.
Il s'éloigna. *Il faut que je trouve un endroit d'où je puisse l'observer sans qu'il me remarque !*
Ce fut facile. Juste à quelques dizaines de mètres, se trouvait un immense espace de discussion se composant d'une tribune, où se succédaient des auteurs et de quelques gradins. Jeannot se hissa au dernier rang d'où il avait vue sur le stand des "Communards". Il suivit et fut même intéressé par un débat qui venait de débuter sur la littérature et la bande dessinée. Il avait déjà son opinion sur la question. Les avis étaient très partagés. Les uns considéraient la BD comme une sous-littérature, les autres comme un moyen de vulgarisation et enfin les fans comme un art nouveau. Un animateur s'approcha et lui braqua son micro bala-

deur devant la bouche. Le Raguevès, dont le neveu était un collectionneur avisé, reconnut que si certaines méritaient un intérêt et présentaient une esthétique indiscutable, d'autres n'étaient que de tristes "petits mickeys" aux dialogues décadents et aux dessins laborieux. A son avis, l'inconvénient majeur résidait dans le fait que les amateurs de BD risquaient de ne plus jamais lire de véritables livres et ainsi de méconnaître les trésors de la littérature. Tout en expliquant son point de vue, il ne quittait pas des yeux le stand de Pierre Lescuret qui semblait en grande conversation avec un homme distingué. Quand celui-ci attrapa l'éditeur par le col, Jeannot descendit de son perchoir et se dirigea rapidement vers eux afin d'ouïr quelques bribes de leur différend. Leur conversation n'était guère littéraire.

- Je vous assure que vous me rembourserez les millions que nous vous avons avancés. Dussions-nous porter plainte ! Vous ne me connaissez pas encore, mais... vous allez apprendre à me connaître !

- Calmez-vous s'il vous plaît ! Ce n'est ni l'heure ni l'endroit de régler nos problèmes... Je travaille, monsieur... et notre altercation n'a rien de commercial. Nous n'allons tout de même pas déballer

nos problèmes devant tout le monde ! Nous pouvons en reparler si vous le désirez... mais ailleurs !
- Où ça, s'il vous plaît ! Il y a des jours que l'on vous cherche, bandit !
- Maintenant cela suffit ! Allez-vous-en ou j'appelle le service de sécurité !
Sentant que la foule ne lui était guère favorable, l'homme tourna les talons.
- Je ne vous lâcherai pas soyez en sûr...
- Ce n'est rien, messieurs dames, juste un petit auteur sans aucun talent, déçu que nous ayons refusé son mauvais manuscrit.
C'était plausible ! Jeannot préféra suivre la victime à l'extérieur. Après avoir descendu les marches d'un immense parvis, l'inconnu se dirigea droit vers une station de taxis.
Merde ! Je vais le perdre, c'est sûr ! Ah ! c'est trop con ! J'aurais dû venir avec ma bagnole. Et puis maintenant il va falloir repayer l'entrée du salon... Cinquante balles... Ils n'y vont pas avec le dos de la cuillère ! Tant pis... Ça suffit pour aujourd'hui !.. Il ne put s'empêcher de se complimenter. *C'est bon, tout ça ! Tu avances bien, mon Jeannot ! Ça s'arrose.*
Comme une centaine de personnes désirant traverser le boulevard, il attendit patiemment qu'un

petit homme rouge devienne vert, vert comme les gilets des serveurs de la brasserie d'en face. Il reconnut, accoudés au bar, les deux éditeurs de polars bretons.

- Alors, c'est la pause ?

- Tiens ! Notre compatriote ! Prenez un verre ! Ça tombe bien, c'est la tournée de Pierrick annonça l'homme au blazer bleu marine et aux yeux pétillants. Qu'est-ce que vous prenez ?

- Comme vous... un demi ! Excusez mon départ impromptu ! Je suis... il hésita, je suis sur une enquête et j'ai subitement reconnu dans la foule un individu que je recherche...

- Vous êtes détective ?

- Eh oui ! Il n'y a pas que dans vos romans que l'on en rencontre, messieurs ! J'étais journaliste et comme je me suis fait licencier... Ce serait un peu long à vous expliquer... j'ai opté pour cette profession.

- Journaliste et détective et vous n'écrivez pas ? Nous pourrions peut-être être intéressés par la publication de vos aventures !

- Tiens, je n'y avais pas pensé ! Merci ! C'est une excellente idée, je vais réfléchir et je vous recontacterai. D'ailleurs nous allons nous revoir, je n'ai pas eu le temps de découvrir votre collection ! Je repasserai demain, soyez en sûr ! Vous reprendrez bien un verre ?

Dis donc, Lionel, tu es vraiment bien sûr qu'il n'y avait plus rien dans le frigo ! Je te préviens, ce soir c'est moi qui régale !

Les deux amis entrèrent dans le même petit restaurant. Jeannot évoqua les rencontres qu'il avait faites dans l'après-midi et la satisfaction qu'il en tirait. Son ami fut beaucoup plus réservé.

- Il est peut-être vrai que cet homme ne soit qu'un auteur raté... tout simplement ! Tu sais, il y en a des tas qui payent pour être édité. Quant à tes soupçons, que ton Lescuret t'ai reconnu, tu as trop d'imagination, mon vieux Jeannot ! S'il est effectivement l'auteur de l'agression, en te voyant, il aurait déguerpi vite fait ! Il ne t'aurait certainement pas bravé ! D'ailleurs, pour quelle raison l'aurait-il fait ?

- Je verrai bien demain matin, je retournerai sur son stand... Je te prendrai le CD, rien que pour la

pochette... J'ai vu que tu collectionnais tout ce qui touche à Brassens !
- Tu as fouillé dans mes affaires ?
- Mais non ! J'ai seulement parcouru les rayons de ta discothèque. Tu en as un paquet d'interprètes de notre tonton Georges national, dis donc... Malheureusement, il n'y a pas que des stars, reconnais-le !
- Oh sûrement ! Mais tout ce qui touche au "Bon Maître" me passionne !
- Excuse-moi, mais pour un libertaire, se faire appeler "bon maître"(1) c'est pas très fort ! Même s'il y a "bon", il y a surtout "maître" ! Je te rappelle que la devise des anars, c'est avant tout : "Ni dieu ni maître".
- T'es trop con... Je ne discute plus avec toi !
- Il est quelle heure ?
- Minuit. Il est l'heure d'allez voir les putes !
- T'es fou ou quoi ? Alors là, mon vieux, t'y vas sans moi ! Je n'ai jamais payé pour ça, moi monsieur ! Je suis beau mec, moi ! C'est pas comme toi...

---

(1) Sophie Duvernoy, gouvernante de Georges Brassens, ne savait trop comment s'adresser à lui. Comme le mot "monsieur" le gênait, il lui suggéra l'appellation "Bon Maître".

Ils rigolèrent en se tapant sur l'épaule puis se levèrent pour régler l'addition.
- T'étais beau mec !.. Mais à présent... tu n'es plus qu'un vieux con décati ! Je paye le pinard ?
- Si tu veux !
- Pour les putes, je te répète seulement ce que je t'ai dit l'autre soir... Dans le seizième, il y en a largement autant que rue Saint-Denis. On pourrait aller avenue Léautaud... elles sont juste derrière... dans les allées... Tu verras, y'a des beaux petits lots !
- J'ai pas le cœur à me rincer l'œil ! Demain il faudra que je fasse le poireau au Salon du Livre et c'est très fatigant... toute cette foule ! Je préférerais rentrer ! Tu n' m'en veux pas ?
- Mais non, vieux machin ! Tu parles si j'm'en fous des poufs du quartier !

Jeudi 13 avril 2001

LE JEUDI matin, Pierre Lescuret était déjà à la tâche quand Jeannot s'approcha de son stand. Lionel avait raison, il resservait le même baratin à tous les chalands :

- L'histoire vous intéresse, monsieur ? Vous cherchez un témoignage ? Nous venons d'éditer les discours les plus éloquents, avec traductions, d'Adolf Hitler...
Quand il acheta le Brassens pour son ami, l'éditeur ne parut pas se souvenir de sa visite de la veille. S'il en fut rassuré, Jeannot se mit également à douter que l'altercation avec le visiteur mécontent pû avoir un rapport quelconque avec "son" affaire.
Il retourna rendre visite aux éditions bretonnes, acheta d'autres polars, puis retourna surveiller du haut de son observatoire le stand des "Communards". Comme il ne s'y passait rien et que le débat en cours n'était pas de son goût, il se décida à quitter les lieux. *Je vais aller visiter le seizième et repérer plus précisément l'immeuble des Kerbouic. Et puis basta ! Je vais me payer un taxi ! J'en ai marre du métro...*
- Bonjour ! Boulevard Léautaud, s'il vous plaît. Vous me laisserez à l'extrémité.
- Côté porte Maillot, ça vous ira ?
- Très bien !
- C'est marrant, ça ! Y'a des jours comme ça ! Figurez-vous qu'hier après-midi, d'ici même... de

la porte de Versailles... j'ai chargé un client pour le 18 du boulevard Léautaud !
- Vous vous souvenez toujours ainsi de vos courses ?
- Bien sûr que non, mais ce client-là était très en colère. Avec son langage d'aristo il m'a seulement dit qu'il s'était fait baiser par un escroc ! Pauv' garçon... enfin quand j'dis pauvre... s'il habite l'immeuble où je l'ai conduit, il est loin d'être dans la mouise ! Le seizième... c'est pas ce qu'on appelle exactement un quartier de pauvres !
Il faudra que je téléphone à ma femme, moi ! Je dois être cocu, c'est pas possible ! Depuis hier, j'ai un peu trop de bol ! pensa Jeannot.
- Vous me conduirez à la même adresse, s'il vous plaît !
- Vous n'allez tout d' même pas me dire qu'en plus vous connaissez le client ?...
- Si, c'est un ami !
- Alors là, comme coïncidence, ça vaut son pesant d'or ! Quand je vais raconter ça ce soir à ma bonne femme !
Le 18 du boulevard Léautaud était effectivement un bâtiment de grand luxe. Jeannot chercha du regard un endroit adéquat pour surveiller les entrées et sorties des propriétaires. Hélas, aux

alentours, il n'y avait ni le moindre square ni le moindre bistrot. *Une vraie zone !* pensa-t-il. *Demain je loue une bagnole et j'amène l'appareil photo ! Je partagerai ma journée entre le Salon du Livre et le boulevard Léautaud.*
Il se dirigea vers la porte Maillot où il put consulter un plan du quartier. Comme chaque soir, il lui pressait d'avoir l'opinion de Lionel. *Eh ben dis donc, à pinces, la rue d'Auteuil, c'est quand même pas la porte à côté !* se dit-il, pensant tout à coup que cette expression ne pouvait être que parisienne.
Le jeudi, il s'accorda une grasse matinée. Puis il se rendit dans une agence de location de véhicules et loua pour la semaine une Renault Twingo jaune. Il stationna à une cinquantaine de mètres de la demeure des Kerbouic. Vers quinze heures, un taxi se gara devant l'immeuble. Jeannot mitrailla au téléobjectif le client qui en sortit. Une voix le fit sursauter :
- Eh ben dis donc ! T'es pas très discret, toi ! C'est pas beau de photographier les gens comme ça !
Une superbe fille blonde d'une trentaine d'années, maquillée comme un carré d'as, très court vêtue, se tenait penchée par la fenêtre du siège passager de la Twingo. Son soutien-gorge noir

avait bien du mal à cacher les aréoles de son opulente poitrine.
- Eh ! La gonzesse ! J't'en pose des questions, moi ? Allez dégage, tu vas m' faire repérer !
- Comme tu voudras, conard ! Moi j'disais ça pour faire avancer le schmilblick ! J'aurais pu te rencarder ! Mais t'es vraiment trop con !
- Attends ! Reviens ! Tu le connais, le bellâtre qui vient de sortir du numéro18 ?
- Un peu que je l'connais ! Ça fait dix ans que j'arpente son trottoir... C'est un prince mon gars... C'est pas comme toi !
- Tu ne peux pas m'en dire davantage ?
- C'est cinq cents balles !
- Va te faire foutre !
Il démarra la voiture et se rendit dans un magasin recommandé par Lionel et qui livrait les tirages photographiques en une heure. Jeannot demanda un agrandissement d'un des portraits.
- Vous prendrez la meilleure pose !
L'agrandissement étant plus que satisfaisant. Jeannot retourna chez Lionel pour l'expédier par fax au duc. Il ajouta au bas : “Merci de me donner, par retour, l'identité de cet homme. J'attends sur place.” La réponse ne se fit pas attendre : “Le fax

n'est pas de très bonne qualité, mais il me semble avoir reconnu le fils de mon frère Léon, Philippe de Kerbouic. Merci de me donner quelques nouvelles, je suis impatient : Signé Edouard de Kerbouic.

Il te faudra attendre encore un p'tit peu, mon p'tit père ! Pour l'instant, je retourne au Salon du Livre. On est jeudi... C'est la clôture ! Il doit y avoir un monde fou.

En fait il n'y entra pas. Il arpenta le trottoir situé de l'autre côté du boulevard où des dizaines de bars et de brasseries offraient leurs services à une multitude d'auteurs, d'éditeurs et de visiteurs. Après tout, Lescuret devait bien lui aussi se restaurer dans l'un d'eux. Vers 19 h.30, après la fermeture du salon, Jeannot le vit s'installer avec deux autres personnes au "Palais de Versailles". La spécialité du jour, était selon l'ardoise fixée à l'entrée, le saint-pierre sauce Louis XIV. *Merde, j'en sors pas des châtelains et de leurs châteaux,* pensa Jeannot en s'installant à la table voisine.

- Et voilà, c'est terminé ! Un salon de plus ! Celui-là aura été excellent, affirma le compagnon de Lescuret. Le chiffre de nos ventes est conséquent. A part ton esclandre avec l'autre couillon... On en gardera un bon souvenir. Qui c'était, au fait, ce mec-là ? Qu'est-ce que tu vas prendre ?

- Oh ! Comme d'habitude, une entrecôte frites... C'est un mec avec qui je suis en affaire.

- Un chanteur ?

- En quelque sorte... Je vais être absent quelque-temps. Il va falloir que j'aille...

Lescuret s'aperçut que leur voisin semblait très intéressé par leur conversation. Il crut bon de changer de sujet.

- Oui, conclut-il... un bon salon ! Je vais retourner dans ma famille, je m'occuperai de Lola Castafiore. Tu sais, je t'en ai parlé... Elle chante bien, mais par contre elle ne connaît rien aux combines du métier ! Je vais lui faire signer le contrat du siècle !

Jeannot, se sentant repéré, glissa légèrement sur la banquette et se rapprocha carrément du trio.

- Excusez-moi, mais je vous entends parler depuis un moment de groupes, de contrats... Vous êtes peut-être dans le show-business ?

- Nous sommes avant tout éditeurs, mais mon ami est aussi imprésario.

- Enchanté ! Je m'appelle Robert Laventure, je

suis organisateur de spectacles en province. Vous auriez peut-être quelques artistes à me présenter ?

- Ah mais je vous reconnais à présent ! Vous êtes passé sur notre stand... Vous êtes l'amateur de Brassens ! En ce qui concerne vos spectacles, il nous faudrait prendre rendez-vous. Vous comprendrez que je n'ai ici aucun document. Vous êtes à Paris pour quelques jours ?

- Oui, une petite semaine. J'ai encore quelques amis à visiter.

Lescuret consulta son agenda.

- Samedi à 14 heures, cela vous conviendrait-il ? Je vous donne ma carte... Ce n'est pas très loin d'ici, rue d'Alésia. Je vous présenterai les press-books de tous mes poulains.

Le reste du repas se passa agréablement. Jeannot, incapable de citer un seul nom de chanteur actuel, dévia rapidement la conversation sur les jolis monuments et les petites femmes de Paris. Il y alla de sa bouteille et Lescuret paya les cafés. Sur le trottoir, ils se quittèrent comme de vieilles relations.

Samedi 15 avril 2001

CETTE FOIS, Le Raguevès fit le trajet en voiture. Il regretta, presque aussitôt, de n'avoir pas pris le métro. *Comment font-ils, tous ces pauvres gens, pour supporter à longueur de journée de telles conditions de circulation ?* Sur le périphérique il observa, amusé, les têtes de ses voisins embouteillés. Il avait dû, pour éviter de prendre un goût de bouchon, fermer sa vitre. *Je dois être sur la file des cons... C'est pas possible... Les deux autres files avancent et moi je ne bouge pas... Qu'est-ce que c'est que cette voiture ?... Je n'arrive plus à les reconnaître, ces putains d' bagnoles, elles ont toutes la même gueule ! Les yeux bridés et le cul aérodynamique.* A l'instar de ses compagnons d'infortune, il n'osa pas klaxonner. Devant lui, une conductrice profitait de chaque arrêt pour se refaire une beauté ! Le rétroviseur braqué sur son visage, elle s'était déjà refait les yeux, barbouillé les lèvres... elle ébouriffait à présent ses cheveux. *C'est pas possible ! Tout à l'heure elle va se mettre des bigoudis !* Arrivé porte d'Orléans, il tourna vers l'avenue Leclerc, s'engagea rue d'Alésia et trouva à se garer dans une petite rue transversale. Il était juste l'heure. Jeannot sonna au bas de l'immeuble. Dans l'interphone,

Lescuret lui indiqua l'étage et le numéro de son appartement. "*Jeu sais, jeu sais*", pensa Jeannot. Son hôte l'attendait sur le palier.

- Bonjour, cher ami ! Alors, bien rentré l'autre soir, vous avez retrouvé facilement votre adresse ?

- Excellente soirée. J'ai tourné un peu dans Paris, mais je n'ai pas eu besoin de somnifère !

- Entrez, je vous ai préparé tout un dossier !

Le Raguevès pénétra dans l'entrée et se dirigea juste en face, vers une salle à manger faisant office de bureau. Des posters ornaient les murs. Lescuret lui avança une chaise, puis apporta au beau milieu de la table un épais dossier.

- Cher monsieur Laventure, voilà les artistes que je promotionne, dit-il en ouvrant le classeur. Quel genre de style cherchez-vous ?

- Oh ! je ne suis pas trop fixé... Des chanteurs, des prestidigitateurs, des clowns... du rock !...

- Aucun problème ! Pour ce qui est du rock, je vous proposerai tout à l'heure un petit groupe dont j'espère beaucoup... Vous verrez, ils sont excellents !

Le Raguevès feuilletait les press-books des artistes. Il aperçut, entre autres prospectus, celui des Rats bleus.

- Tout cela est très intéressant, mais apparemment très cher !...
- Oh ! les prix, vous savez... Nous pouvons négocier !
- Présentez-moi vos petits protégés... vous savez ceux dont vous me parliez tout à l'heure ! Le groupe de rock...
- Ah ! Les Rats bleus ! Attendez... Je vais vous les faire écouter.
Il se dirigea vers sa chaîne hi-fi. En attendant le démarrage du disque, il ajouta :
- De très jeunes musiciens, mais qui méritent toute votre attention !
- Ils sont de quelle région ?
- De Bretagne... Mes parents habitent Vantes !
- Vous les avez connus comment ?
- C'est très simple. Ils sont d'un petit bourg de la périphérie Lornetaise. Je les ai entendus lors d'un concert. J'ai assisté à une de leurs répétitions et j'ai été tout de suite emballé ! Je me suis donc proposé pour m'occuper de leur carrière. Voilà toute l'histoire !
- Et cet artiste-là... vous le connaissez ?
Jeannot avait sorti de la poche intérieure de sa veste l'agrandissement de Philippe de Kerbouic.

- Voyons voir ! Ce n'est sûrement pas un artiste, ce garçon-là ! Il a l'air trop distingué... ou alors peut-être un chanteur d'opérette !
- Vous devriez le reconnaître, pourtant... Regardez bien... C'est lui qui vous a agressé verbalement au Salon du Livre !
- Ah d'accord, reconnut-il le rouge aux joues. C'est encore... l'écrivain raté ! Ça ne va pas recommencer avec ce nullard. Excusez ! C'est peut-être quelqu'un de votre famille ?
- Arrêtez de jouer au con, Lescuret ! Il s'agit de Philippe de Kerbouic, il habite rue Léautaud dans le seizième... et figurez-vous qu'à Kernec, que vous dites bien connaître, son oncle a failli mourir assassiné ! Votre voiture a été aperçue sur les lieux et un témoin a noté votre numéro d'immatriculation le jour de l'agression. Votre coup a raté et c'est pour cela que Kerbouic est venu vous trouver au salon ! Vous avez été commandité par ce monsieur pour le débarrasser de son vieillard d'oncle, tant il s'impatiente de prendre les rênes de leur empire financier.
- Pas du tout, monsieur Lavent... Laventure... un pseudonyme sans aucun doute ! Vous faites erreur ! Apparemment, vous n'exercez pas plus dans le spectacle que moi dans la charcuterie ! Nous

n'avons donc plus grand-chose à nous dire. Veuillez à présent quitter mon appartement.

Il se dirigea vers l'entrée, ouvrit la porte et attendit que Le Raguevès ait revêtu son imperméable et collé son chapeau sur son crâne chauve.

- Au revoir, monsieur...

- A bientôt, Lescuret... à bientôt !

Merde, j'ai peut-être été trop vite pensa Jeannot dans la cabine de l'ascenseur. *J'aurais dû attendre d'avoir fait la connaissance de Philippe de Kerbouic.* Pressentant que Lescuret allait sans doute réagir, il alla chercher sa voiture et la gara presque en face de l'immeuble, devant la terrasse du bistrot. Le barman acariâtre avait sans doute fini sa journée, il avait été remplacé par un collègue beaucoup plus aimable ! Avec un sourire moqueur, celui-ci l'entreprit :

- Bonjour ! Depuis un moment, j'observe votre façon de faire un créneau ! Bravo, quelle dextérité ! Que puis-je servir à un si éminent conducteur ?

Au moins, celui-là, il se fout de ma gueule ouvertement ! Il a bien fallu que je m'y reprenne à trois fois pour me garer !

- Eh oui ! Ce n'est pas évident quand on est provincial ! De telles manœuvres vous déshydratent...

Pourrais-je caresser l'espoir d'avoir un demi, le plus rapidement possible ?
- Mais certainement, ami ! Je cours, je vole...
Jeannot avait les yeux fixés sur les portes du garage. L'Alfa-romeo pointa son nez une heure plus tard. *Merde, il part dans l'autre sens... il va falloir que je fasse demi-tour !*
Devant le garçon éberlué et dans un concert de Klaxon, il fit une manœuvre au milieu du boulevard, aussi fulgurante qu'interdite par le Code de la route. Après deux ou trois dépassements scabreux, il suivait à présent Pierre Lescuret à trois voitures d'intervalle. Porte d'Orléans, l'Alfa-Romeo s'engagea vers la Vache-Noire. Jeannot la suivit jusqu'à Bourg-la-Reine. L'avenue Leclerc, longue comme un canon de char d'assaut, menait à la nationale 20, vers la province, vers l'Ouest, avec tout au bout la Bretagne. *Merde... Il part en week-end chez nous, ce con-là... Je ne peux tout de même pas le suivre avec cette bagnole de location et puis d'ailleurs je n'ai plus d'essence... Demi-tour ! Sois tranquille, mon bonhomme... Je te retrouverai !*

Dimanche 16 Avril 2001

AVEC Lionel, c'était un plaisir de visiter Paris. Ses randonnées pédestres lui avaient permis d'explorer les coins les plus secrets de la capitale et son plaisir était de les faire découvrir à ses amis. En revanche, le dimanche après-midi, c'est dans la petite Twingo jaune qu'ils se rendirent dans le Quartier-Latin, un lieu de prédilection pour ces deux vieux baba-cool sur le retour ! Ils l'abandonnèrent rue Gay-Lussac, puis à pied rejoignirent les quais de la Seine. Presque tous les bouquinistes connaissaient Lionel. Il trouva un *Petit ami* de Paul Léautaud fort cher.
- Quand on aime on ne compte pas, se justifia-t-il.
Jeannot trouva une biographie d'Henri Jeanson, l'éminent journaliste du *Canard Enchaîné* et dialoguiste de talent.
- Putain... Vous les Parisiens, vous êtes quand même vernis ! Il y a bien dix ans que je cherche ce bouquin. Et toi ? Tu ne l'avais pas déjà, ton *Petit Ami* ?
- Si ! Mais en Livre de poche. Celui-là est une première édition. C'est pour ça qu'il est cher ! Ah ! Léautaud. Quel personnage ! Nous autres journalistes, nous ferions bien de nous inspirer de sa

déontologie ! Jamais une compromission... la vérité ! Toujours la vérité, même si elle blesse, même si elle scandalise, même si, pour lui, elle a été synonyme de pauvreté. Il a toujours refusé d'être aux ordres de quelqu'un, que ce soit des auteurs, des éditeurs ou des acteurs. Il ne s'est plié qu'à une seule contrainte, celle de ses animaux. Tu te rends compte ! A présent, avec toutes les pressions qu'on subit, la politique, la publicité et j'en passe : *tout le monde il est beau tout le monde il est gentil !* Il n'y a plus de véritables critiques. Que penserait-il de nous, pauvres écrivailleurs ?
- Sûrement ce qu'il pensait déjà de ses contemporains.
Ils se payèrent une glace à deux boules dans l'Ile Saint-Louis. Jeannot était fourbu et refusa d'aller en pèlerinage devant le local des éditions du Mercure de France, où justement Léautaud travailla une quarantaine d'années.
- Je préférerais rentrer ! Je suis vanné ! Et puis, il faut que je me fasse une beauté pour aller voir les aristos... Il faut absolument que je rencontre au moins un des membres de la famille de Kerbouic.

Lundi 17 avril 2001

LE RAGUEVÈS entra sous un porche puis découvrit un interphone logé dans l'encadrement d'une porte de chêne sculptée. Il reconnut, pour les avoir déjà vues au château de Kernec, les armoiries de la famille ducale. Il pressa plusieurs fois le bouton juste au-dessus d'une série de neuf chiffres, mais personne ne vint, personne ne lui répondit. Après avoir hésité, il se décida à utiliser le code secret que le duc lui avait communiqué. 1-7-8-9. La porte s'entrouvrit. Il la poussa et entra dans un hall gigantesque aux murs recouverts de miroirs. De chaque côté de l'escalier de marbre blanc, des plantes vertes, presque des arbres, donnaient un peu de chaleur à cet espace glacial. Jeannot commença à grimper. Le bruit de ses pas était absorbé par l'épais tissu rouge fixé au centre de l'escalier, maintenu par des barres dorées. Il s'arrêta au premier étage. Le palier était immense, bordé de balustrades ventrues du même marbre. Six portes ornées de dorures séparaient d'immenses tapisseries représentant des scènes de chasse du Moyen-Age. Plutôt que de frapper à l'une d'entre elles, le détective continua son ascension. Le deuxième et le troisième étage étaient de la même facture. A une extrémité, un escalier plus petit menait certainement aux combles où devait loger le personnel. La demeure semblait vide. Jeannot redescendit au premier et frappa à une première porte, puis à une seconde.

- C'est bizarre, tout de même, cet immeuble désert.

Puis, tout à coup, un homme passa la tête par l'entrebâillement d'une porte.

- Qu'est-ce que c'est ? Que faites-vous là ! Par où êtes vous entré ? Et qui êtes-vous d'ailleurs ?

Jeannot reconnut Philippe de Kerbouic.

- Excusez-moi... Je cherche M. de Kerbouic !

- Lequel ? Il en existe encore plusieurs...

- J'aimerais m'entretenir avec Philippe de Kerbouic. C'est au sujet de l'agression dont a été victime le duc Edouard... Je suis son détective privé.

- JE SUIS Philippe de Kerbouic ! Mais, palsambleu, comment êtes vous monté jusqu'ici ?..

- Oh ! c'est très simple, monsieur. Comme personne n'a répondu aux coups de sonnette, j'ai pensé utiliser le code que récemment votre oncle m'a communiqué...

- Ah ça, c'est bien de lui ! Donner le code d'accès à n'importe qui ! Ah vraiment, il est totalement gâteux ! Je ne sais ce qui me retient d'appeler la police ! Vous vous nommez comment ?

- Jean Le Raguevès. Je connais depuis longtemps votre oncle.

- Tout de même, ce n'est guère catholique de s'introduire ainsi chez les gens ! Enfin...

- Croyez-moi ! Je vous assure que je suis de bonne foi ! Je ne suis pas un cambrioleur.

- Vous ne risquiez pas d'être entendu ! C'est le jour de congé du personnel. Ma cousine, son mari et leur enfant sont repartis hier soir pour la Bretagne. Je pars moi-même cet après-midi pour le Périgord, rejoindre la propriété de mes parents. Vous avez donc une chance inouïe de m'avoir trouvé ici ! Dès demain et pour de longs mois, il n'y aura plus, dans cette demeure, que les domestiques ! Allons... je suis bon prince et je veux bien croire en votre honnêteté. Venons-en à ce qui vous amène, monsieur. Mais sachez bien toutefois que je réprouve totalement votre intrusion. Notre cher Edouard a donc failli mourir ? C'est atroce... s'attaquer ainsi à un vieillard ! Mais que faites-vous donc à Paris ? Ne serait-ce pas plutôt dans ce trou perdu... à Kernec, que vous devriez mener votre enquête ?

- Hélas, elle m'a conduit jusqu'ici ! A ce propos, connaissez-vous un individu nommé Pierre Lescuret ?

De Kerbouic se troubla un instant puis se reprit tout aussitôt.

- Lescuret, Lescuret, attendez ! N'est-ce pas ce négociant en vin avec qui nous traitons ?

- Hélas non ! Celui-là est imprésario !

- Comment voulez-vous que je connaisse ce genre d'individu ?

- Il est aussi éditeur, il était au Salon du Livre, porte de Versailles... Vous savez bien !

- Que voulez-vous que je sache ? Non vraiment, je ne vois pas...

- Mes soupçons se portent sur lui. Il a été aperçu à Kernec sur les terres de votre oncle.

- Mais au fait, quel était le mobile de cette agression ? Mon oncle Edouard se vante suffisamment de n'avoir que des amis dans cette bourgade !

- Peut-être des jalousies d'artistes... Vous savez, à Kernec, il passe volontiers pour un mécène...

- Oh ne m'en parlez pas, monsieur, je sais qu'il dilapide des sommes considérables à l'achat de peintures inqualifiables ! J'en sais quelque chose !

- Justement... Il serait fort possible qu'on lui reproche une mauvaise gestion de ses biens, et dans ce cas, nous arriverions à suspecter...
Jeannot n'eut pas le temps de finir sa phrase. Philippe de Kerbouic s'était levé. Le rouge aux joues, il pria vertement Le Raguevès de sortir.
- Cela suffit, monsieur, si vous continuez, vous allez bientôt nous accuser... nous, sa famille, d'avoir tenté d'assassiner ce vieillard ! C'est inconcevable, monsieur ! Non seulement vous entrez dans notre logis... presque par effraction, et voilà maintenant que vous portez des accusations gravissimes. Dehors, monsieur et que le diable vous emporte !
Raccompagné cette fois, il se retrouva sur le trottoir en moins de temps qu'il ne lui avait fallu pour avaler son café du matin. Assis à son volant, le détective espérait que la prostituée qu'il avait rembarrée deux jours auparavant viendrait arpenter son lieu de travail. Peut-être accepterait-elle de lui en dire un peu plus sur le jeune aristocrate. Il allait démarrer quand un taxi s'arrêta devant la porte des Kerbouic. Philippe de Kerbouic sortit rapidement et s'engouffra à l'intérieur. *C'est reparti ! Mais toi, mon p'tit vieux, je ne vais pas te lâcher.* Jeannot dut brûler deux feux rouges pour

ne pas les perdre. Ils reprirent le périphérique d'où ils sortirent porte de Versailles puis s'engagèrent sur le boulevard extérieur. Le taxi tourna rue Didot qui débouche sur la rue... d'Alésia ! *Tiens donc, p'tit con ! Tu disais ne pas le connaître, l'imprésario de mes deux !* Comme c'était prévisible, la voiture s'arrêta devant le numéro 10. Philippe de Kerbouic paya sa course et entra dans le hall d'entrée. *Tu pourras toujours sonner... Il s'est barré, ton copain !* Jeannot s'était arrêté en double file, certain qu'il n'attendrait guère de temps avant de repartir. Mais cinq minutes plus tard, Kerbouic n'avait toujours pas réapparu. *Merde alors, qu'est-ce qu'il fout ? Lescuret n'était peut-être pas parti, finalement !* Il profita du départ d'une voiture pour se garer plus régulièrement. Une heure plus tard, l'Alfa-Romeo sortit enfin du garage avec à son bord... les deux compères !

MAIS que diable peut faire notre détective à Paris ? Il y a des jours que je n'ai eu de ses nouvelles, pourvu qu'il n'en fasse pas trop, cet idiot ! Mais que diable allait-il faire dans cette galère *? Ah !*

charmant Molière !... Les enfants sont rentrés hier soir... Ils ont été gentils avec moi... surtout Jean-Baptiste... Il m'a manqué, tous ces jours... Ah que je l'aime, ce petit !.. Ses parents ont pu discuter avec la famille... Mais je sens bien qu'ils me cachent certaines choses. Apparemment, mon neveu serait impitoyable ! Qu'y puis-je, si je suis le dernier ! S'il persiste dans cette voie, il ira même jusqu'à contester le rang que j'occupe dans ma propre famille. Depuis la création de cette société, il a monté tout le conseil d'administration contre moi... Vu mon grand âge, tous souhaiteraient que je passe la main à quelqu'un de plus jeune, lui par exemple ! Hi ! Hi ! Hi !.. Ce Philippe, pourtant, il m'aimait bien quand il était petit... Il venait souvent aux vacances, chez nous, ici, à Kernec ! Comment se fait-il qu'il ait changé à ce point ? Je me souviens, il aimait venir se promener avec moi au bord de la Seiche... Une fois, il avait glissé... et plouf ! le voilà tombé à l'eau ! Il avait eu très peur ! Hi ! Hi ! Hi !.. Il hurlait : "Je vais me noyer, je vais me noyer ! Au secours ! Hi ! Hi ! Hi !... Pauvre petit homme... Comme je lui tendais la main pour le sortir de la vase, il me remercia tellement chaleureusement que j'en ai encore les larmes aux yeux... Je n'oublierai jamais que vous m'avez sauvé la vie, mon oncle, jamais ! *m'avait-il déclaré. Hi ! Hi !*

Hi !.. Pauvre petit homme !.. Il a bien changé le salaud ! Il faudra que je lui rappelle cette anecdote, à ce monstre ! Son frère jumeau, lui, ne nous a jamais appréciés. Il avait une peur bleue de sa tante. Hi ! Hi ! Hi !.. Je le comprends ! La seule fois qu'il est venu à Kernec, il avait volé une petite bourse à la Roselle ! Que fait-il maintenant, ce petit Hubert ? La dernière fois que je m'enquis de ses occupations, son frère me conta qu'il s'était dirigé vers le journalisme ! Hi ! Hi ! Hi !.. Ne sachant qu'en faire, son père l'avait imposé à la rédaction de son propre journal Les Nouvelles du Ballon d'Alsace *! C'est tout ! Il y a tellement longtemps que je ne l'ai point vu, ce petit diable-là !..* Longtemps, longtemps, longtemps après que les poètes ont disparu... *Voilà qu'à nouveau je chantonne ! Il n'y a pas à dire, je vais nettement mieux !... Mais tout de même ! Tout de même !.. Que c'est triste d'être un vieil homme !*

LESCURET et Kerbouic s'arrêtèrent manger dans une brasserie, derrière l'Hôtel de Ville. Jeannot ne pouvait plus, bien sûr, se permettre de les suivre jusque dans les lieux. Il poireauta donc dans sa Twingo pendant presque deux heures. *On est quand même vachement en retard question technologie... Je ne sais pas, moi ! Les Japonais, ou les Chinois... va savoir... je n'ai jamais su faire la différence... ils ont des micros longue portée ou tout autre gadget électronique, pour écouter les conversations... comme dans les séries télé ! Et moi comme un con, je planque là, depuis deux heures et en plus j'ai une faim de loup !*

Enfin, vers quinze heures, ces messieurs se décidèrent à sortir du restaurant. Ils discutèrent quelques minutes sur le trottoir avant de remonter dans leur voiture. Jeannot démarra et continua sa filature. Rue de Rivoli, l'Alfa-Romeo accéléra puis, après deux ou trois slaloms, disparut dans la circulation.. *Merde ! je vais les paumer !..*

Il arrivait place de la Concorde quand tout à coup il fut projeté sur son volant. Un véhicule venait de le percuter à l'arrière ! Il n'eut même pas le temps de regarder dans son rétroviseur qu'une deuxième secousse fit pirouetter la Twingo sur elle-même. Sur sa gauche, à bord de l'Alfa-Romeo, Lescuret et Philippe de Kerbouic, hilares, lui tendaient leur index levé et s'enfuyaient vers l'avenue des Champs-Elysées. Immobilisé, comme les centaines de voitures qui le suivaient, Jeannot sortit et fit le tour de son véhicule. Une roue arrière était sur le flanc. Un agent s'approchait, le bâton à la main. Le tintamarre des avertisseurs devenait assourdissant. Les paroles incompréhensibles mais apparemment agressives du gardien de la paix, qui avait gardé son sifflet dans la bouche, ne firent qu'augmenter la colère de Jeannot.

- Vosss papietruitt ! S'il vous plaîttruitttt !

Sans l'ouvrir, il lui tendit son porte-cartes. Il regarda le flic d'un œil glauque, se laissa traiter de paysan en goguette, puis, redevenu calme, il fit un bras d'honneur et, comme un garnement, tira la langue au représentant de la loi que lui n'avait jamais votée. Il lui arracha ses papiers des mains et, comme Lionel, s'en fut à pied à travers les embouteillages.

Plein le cul de ce bled à la con ! Demain je retourne vers la civilisation ! Le duc paiera la casse ! Quant aux deux autres rigolos, s'ils veulent la guerre ils vont l'avoir !

Quand il raconta son aventure à Lionel, ils furent pris d'un fou rire incontrôlable qui réitéra tout au long de la soirée.

- Alors, vieux frère, tu me quittes demain ! Tu retournes dans ton patelin... Vers la pluie et le

brouillard... Fais attention aux tremblements de terre... J'ai lu dans la presse que vous en aviez essuyé un il n'y a guère de temps.
- Nous t'attendons ! J'ai une paire de bottes disponible ! Tu sais que tu seras toujours le bienvenu chez moi !
- Je n'en doute pas. Mais, à présent, je ne peux m'absenter plus de huit jours loin de Paris sans en avoir la nostalgie. Quant à tes deux acolytes... fais gaffe quand même ! Ils n'ont pas l'air d'enfants de chœur ! Même le Kerbouic avec sa gueule d'archange. Tu sais, vieux gars, tu vas me manquer. Depuis huit jours, je m'étais habitué à ta présence... Décidément, j'aime mieux les arrivées que les départs.

IV

Ah ! qu'elle est belle ma Bretagne !

Mardi 18 avril 2001

JEANNOT était bien calé dans le fauteuil de son wagon. Comme on ne laissait plus le choix aux voyageurs et que chaque place était numérotée, il apprécia la chance d'avoir été placé côté vitres. Alors qu'il ne prêtait habituellement aucune attention particulière à son environnement, il rumina : *J'ai hâte de revoir un arbre avec des feuilles, de grandes étendues de pâturages, même la vue d'un champ de maïs, j'en suis sûr, me ravira ! Moi, je suis de la race ferroviaire qui regarde passer les vaches.*[1] *Au diable Paris et ses poulaillers d'élevages intensifs ! Merde, ce putain de rideau n'arrête*

(1) : Léo Ferré

pas de glisser, il va me gâcher mon plaisir ! Regarde-moi ce jeune couillon ! Même dans le train il faut qu'il tapote sur son ordinateur portable avec en plus son walkman vissé sur le crâne. Ça doit faire "clâsse" ? Totalement dépendant... Esclave de son gadget... Passe encore si c'est pour son plaisir ! Mais si c'est pour son boulot !... Il porte son boulet avec lui. Dans le temps, les esclaves, on les enchaînait... maintenant on leur donne quatre semaines de vacances et ils reviennent tout seuls. Même plus le temps de pisser, de regarder la vie, d'écouter les gens ! Peut-être que la vie est plus belle sur leur saloperie d'écran ! Ils me font chier avec leur Internet ! C'est le "Big Brothers" ! Il avait vu juste, Orwell, dans son bouquin 1984 *!.. Enfin, je ne suis pas trop mal installé ! Une chose est sûre, où je suis, je ne prendrai pas, comme à l'aller, des valises en pleine tronche ! Tiens, ça ralentit... On est pourtant en pleine cambrousse !..*

Un voyageur protesta :

- Pourvu qu'un crétin n'ait pas eu l'envie subite de se suicider ! Sinon, adieu les horaires... on arrivera encore en retard ! La semaine dernière, c'était pareil.

Quel con, ce mec ! Une heure de retard pour une vie qui s'arrête ! Quand est-ce que la SNCF comparti-

mentera ses voyageurs par affinité ? Personnellement, je rêve d'un wagon monoplace ! Décidément je suis très Ferré aujourd'hui ! "Y'a un train fantôme dans ta voix, Ferré. Y'a un train fantôme traversant des astres, des astres seigneurs, des astres... désastres. Y'a des voyageurs dans ta voix Ferré, des bourreaux de chiens, des amants qui souffrent sur ces rails rouillés crevant la mémoire, des bandits d'encens, des anges de soufre, dans ces wagons blancs peuplés de nuits noires..". (1)

- Ah ! ça repart... Des travaux sans doute !..

Le voilà soulagé, le pépère, il arrivera à l'heure ! C'est joli, le soleil qui descend à travers les arbres ! Avec la vitesse, en fermant presque les yeux, je vois des... Ah ben merde ! Je ne vois plus rien... Le petit con, assis devant moi, devait avoir des reflets sur son écran ! Il a tiré le rideau ! Comme ça... sans demander l'avis de personne ! On vit une époque formidable ! On doit pourtant bien trouver un guide du savoir-vivre sur leur Internet. Enfin tant pis ! Adieu veaux, vaches et cochons... Il ne me reste plus qu'à roupiller. Demain, je prends rendez-vous avec le duc. Je vais lui parler de son charmant neveu ! Je vais lui donner de ses nouvelles et lui expliquer sa façon de se

---

(1) Claude Nougaro : hommage à Léo Ferré dans son disque "Récréation"

conduire. A part ça... Eh bien, plus rien de nouveau sous le soleil... hélas ! Je vais attendre ma convocation au tribunal pour abandon de véhicule sur la voie publique, et je vais, mais alors là sans aucun doute, me faire copieusement engueuler par ma femme... Mais, bon Dieu que je suis content de rentrer !

MONSIEUR le duc vous attend avec impatience. Il n'est guère satisfait, vous savez ! Vous ne lui avez donné que très peu de nouvelles depuis une dizaine de jours.

- Il va mieux ?

- Oh ça ! Ne vous inquiétez pas ! Il court et galope comme un jeune damoiseau.

- Tant mieux !

Le duc de Kerbouic arrivait lentement à leur rencontre.

- Bonjour, monsieur le duc, j'ai du nouveau à vous apprendre ! Ma visite à Paris s'est avérée judicieuse. J'ai appris là-bas pas mal de choses ! Mais je constate avec plaisir que votre santé s'améliore !

Vous galopez à présent ! On dirait un jeune homme !
- Ne vous moquez pas ! Dites donc, mon ami, j'attendais impatiemment de vos nouvelles ! Venez, nous allons marcher pendant que vous me raconterez vos péripéties parisiennes. Laissez-nous, s'il vous plaît, mademoiselle Roselle !
- J'ai fait connaissance de votre neveu ! Philippe de Kerbouic ! Il vous a peut-être contacté à ce sujet ?
- Non... Pas eu de nouvelles !
- Par contre, monsieur le duc, excusez-moi, mais je ne le félicite pas pour sa conduite !
- Oh ! Vous m'étonnez, mon cher Jeannot ! Philippe est quelqu'un de très bien élevé... un être distingué...
- Drôle de distinction ! Il a embouti volontairement la voiture de location que j'avais dû prendre pour mes filatures...
- Ah vous me rassurez ! C'est de conduite automobile que vous me parliez !
- En outre il a des fréquentations bien peu... orthodoxes. Il est ami avec celui que je suppose être votre agresseur !
- C'est impossible ! Si vous aviez, seulement un instant, côtoyé Philippe, vous reconnaîtriez votre erreur !

- Mais enfin, puisque je vous dis que je l'ai rencontré rue Léautaud dans vos appartements. D'ailleurs tenez, je vais vous faire voir la photographie que je vous ai faxée.
Jeannot sortit le cliché de sa poche. Le duc l'examina avec beaucoup d'attention.
- Ah ! Je comprends mieux à présent ! Mon pauvre ami, ce n'est pas Philippe que vous avez rencontré. Remarquez... vous n'êtes pas le seul à les confondre ! Sur votre photo, il s'agit d'Hubert de Kerbouic, son frère jumeau et... de celui-là effectivement on peut s'attendre à tout ! J'aurais dû mieux vous renseigner... mais votre fax n'était vraiment pas de bonne qualité !
- Des frères jumeaux ! Il ne manquait plus que ça !
- Il y a des années qu'il est interdit de séjour dans notre famille !
- Alors que faisait-il chez vous ?
- Effectivement, c'est louche ! Je vais me renseigner dès ce soir... Faites-moi confiance !
- Autre chose... Avez-vous déjà entendu parler de Pierre Lescuret ? C'est l'imprésario d'un groupe musical de Kernec : les Rats bleus ?..
- Les Rats bleus... Je connais ! Ce sont des amis de lycée de mon petit-fils. Je leur ai prêté un local

pour leurs répétitions. Depuis, ils entrent et sortent à leur guise. Quant à leur imprésario, nenni ! Jamais vu !
- Les Rats bleus répètent ici ?.. Donc Lescuret connaît les lieux !..
- Personnellement je n'ai jamais vu cet individu. Je ne connais que les petits rats ! Hi ! Hi! Hi !.. Et encore quand je dis connaître, c'est un bien grand mot ! C'est très bruyant, vous savez, ce qu'ils interprètent ! Et j'ai quand même autre chose à faire que d'écouter ces jeunes zigotos !
- Pourrais-je m'entretenir avec votre petit-fils ?
- Laissez ce petit en dehors de tout cela, s'il vous plaît ! Je ne veux pas le mêler à ces histoires sordides.
- Bien... Comme vous l'entendrez, monsieur le duc. Je vais à présent vous quitter et continuer mon enquête. Jeannot pensa : *Compte là-dessus, mon bonhomme ! Content ou pas, tu penses bien que je vais aller discuter avec l'héritier de la couronne ! Il doit être au lycée de Verlou... Quant aux frères jumeaux, ça, c'est encore autre chose. Si Hubert de Kerbouic est copain avec Lescuret, comme j'ai pu le constater, ce serait donc Philippe que j'ai vu au salon du Livre. De quoi voulait-il parler quand il mena-*

çait Lescuret ? De quelle somme d'argent parlait-il ? Ça se complique, mon Jeannot... ça se complique !

Il arrêta sa voiture sur le parking situé juste en face du lycée. Il interpella un élève coiffé d'une casquette américaine, la visière sur la nuque, occupé à taguer un mur d'un signe cabalistique indéchiffrable.

- Tu connais un nommé Kerbouic ?

Avec l'accent et le vocabulaire d'un petit beur du 9.3, le gamin répondit lentement :

- Oh luieuh ! C'est pas moi qu'a fait ça, m'sieur ! J'ai rien fait moi d'abôrdeuh ! C'est toujours moi qu'on accuseeuh...

- Je ne t'accuse pas, je te demande simplement si tu connais un élève qui se nomme Kerbouic ?

- Oh luieuh ! Le duc ! Il est connu comme le loup blanc, mon frèrrreeuh ! Il est chébran avec ces ringards de Rats bleueuh !

Quelle ménagerie, pensa Jeannot

- Et où pourrais-je le trouver, jeune homme distingué ?

- Oh luieuh ! Distingué distingué !.. Distingué toi-mêmeeuh ! Euh ! j'suis pas sa secrétaireeuh à ton trou duc ! Eeuh, t'es trop toi !

Eutétrotoi ?... Quésaco ? Il m'énerve, ce p'tit con là, il m'énerve ! Je vais aux bureaux, ce sera plus rapide ! Une secrétaire affable lui répondit :
- Le jeune Jean-Baptiste est absent depuis deux jours. Nous allions justement vous prévenir ! Vous êtes de sa famille ?
- Non, j'avais quelques renseignements à lui demander. Excusez-moi encore, mademoiselle, mais... il a des amis... les Rats bleus... je ne connais pas exactement leurs noms de famille... Sont-ils présents ?
- Si vous ne connaissez pas leurs noms, comment voulez-vous que je vous renseigne ? Ils sont nombreux, vous savez, ces rats qui sèchent les cours !
- Oui bien sûr ! Excusez-moi ! Bonne soirée, madame.
Il resalua au passage le jeune artiste peintre, hilare, qui semblait avoir fumé toutes les moquettes du premier étage du lycée. Jeannot n'avait pu remarquer en montant dans sa voiture que l'artiste avait décoré sa portière droite d'un joli motif pacifique, suivi d'un *"mord aux quons"* beaucoup plus agressif et... de couleurs fluorescentes.

Mercredi 19 avril 2001

JEANNOT partit dès potron-minet vers Vantes. Il avait décidé de reprendre la piste Lescuret et de rendre visite à ses parents. Sur l'annuaire téléphonique, il avait trouvé trois Lescuret dans cette ville. Ils habitaient tous à une même adresse, guère précise : route de Portivy... *Plutôt que de tourner en rond, j'irai directement me renseigner à la mairie !*

- Lescuret, route de Portivy !... Oui monsieur, cette famille réside depuis de nombreuses années dans un terrain vague où s'entassent les caravanes des gens du voyage ! Ce sont des gens...

La secrétaire, vu la dégaine du détective, hésita :

- Vous les connaissez ? Ils sont peut-être de votre famille ?

- Non non, pas du tout !

- D'accord ! Alors je dois vous prévenir que ce ne sont pas des gens très sociables ! Ils nous causent beaucoup de désagréments ! Prenez des précautions si vous devez avoir affaire à eux... surtout le grand-père, c'est le pire... malgré ses quatre vingt-ans !

Elle n'aime pas les manouches, la dame ! Il suffit de savoir les prendre, c'est tout ! C'est vrai, quoi !.. Ces

gens-là, partout où ils passent, sont considérés comme des pestiférés ! On peut comprendre leur réaction ! Jeannot en était là de ses pensées quand il stoppa sa voiture à quelques centaines de mètres du campement. A peine eut-il ouvert sa portière pour descendre de son véhicule, qu'un gros chien noir, mi terre-neuve, mi labrador, vint lui renifler les mollets. Impressionné, il essaya de pactiser avec le molosse.
- Gentil, mon toutou ! Tu ne reconnais pas ton vieux copain ? Il est beau le chien ! Oh oui ! il est gentil !
En fait Jeannot était mort de trouille. Un spécialiste de la race canine lui avait expliqué que les hommes, quand ils ont peur, dégagent une odeur particulière que les chiens, au sens olfactif très développé, détectent et qui les rend agressifs. Et Jeannot avait toujours eu peur ! Il avait beau siffler, prendre un air dégagé, voire affectueux, il était chaque fois pourchassé à grand renfort d'aboiements et de grognements... même par les plus petits bâtards. Avec une audace que lui-même eût été incapable d'expliquer, il osa caresser du bout des doigts le haut du crâne de celui-ci.
Ce fut sans nul doute l'odeur de ses pieds qui fut la plus forte, car le chien sembla l'adopter et selon

l'expression, ne le quitta plus d'une semelle. Pour tenter de s'en libérer, Jeannot lui lança un morceau de bois ramassé sur le trottoir. Hélas, son geste eut l'effet inverse, le chien en redemandait et il devait expédier la trique de plus en plus loin. Une dernière fois, à la limite de ses forces, le détective lança le bâton. Le chien partit en courant et plongea dans un ruisseau insalubre longeant le campement. Dans celui-ci une trentaine de caravanes étaient installées. Le Raguevès en choisit une au hasard :

- Bonjour madame, excusez-moi de vous déranger, pourriez-vous m'indiquer, s'il vous plaît, où habite la famille Lescuret ?

Elle n'eut pas le temps de répondre. Le chien entra dans la caravane et s'ébroua si énergiquement qu'il en inonda l'entrée.

- Ah ! y'en a marre ! Je venais juste de finir mon ménage ! Attachez votre chien plutôt que de m'emmerder avec vos questions ! C'est toujours comme ça... On nous déteste ! On nous prend pour des moins que rien !... Il croit peut-être qu'on habite des taudis ?

- Mais madame, je vous assure que ce chien ne m'appartient pas ! Il était là, à l'entrée du camp.

Celui-ci, heureux d'avoir retrouvé son compagnon de jeu, avait posé ses deux énormes pattes sur le torse de Jeannot.

- Et ce n'est pas votre clébard ? A qui ferez-vous croire ça ! Tenez, nettoyez au moins ses saloperies.

Elle lui tendit un balai-brosse et une serpillière.

- Mais madame, puisque je vous dis... Je veux bien nettoyer, mais je n'y suis pour rien, je vous assure que ce n'est pas mon chien ! Je n'ai rien contre vous, au contraire et ne vous imaginez pas que je puisse avoir la moindre haine...

- Taisez-vous et épongez !

- Vous connaissez les Lescuret ?

- Qu'est-ce qu'on a encore fait ? Pourquoi on nous recherche ?

- Oh pour rien ! Quelques questions à leur poser au sujet de leur fils !

- Vous êtes flic ?

- Non, non !

- Parce que... ici les flics... on ne les aime guère. Lequel des fils vous cherchez ?

- Pierre... Il doit habiter à Paris !

- Celui-là est sérieux pourtant ! Je suis sa tante ! Et puis après tout, allez voir sa mère. C'est la caravane juste à côté de la maison du vieux... la bâtisse en pierre que vous voyez là-bas, juste à l'entrée.

- Merci, madame... Surtout ne croyez pas que j'éprouve...

- Fermez-la ! Et attachez votre affreux clébard... Il pue en plus !

Ça commence bien ! Il commence à m'emmerder ce chien ! Je suis trempé et couvert de boue ! De quoi ai-je l'air ? Enfin, dans le milieu ambiant je passerai peut-être plus facilement inaperçu qu'avec un costume trois pièces. Ça doit être là !

La porte de la caravane s'ouvrit avant même qu'il eût frappé !

- Qu'est-ce qui veut !

- Bonjour, madame ! Vous êtes la maman de Pierre Lescuret ?

- J'vous en pose des questions, moi ?

- Euh ! Je suis organisateur de spectacles et on m'a recommandé votre fils, improvisa Jeannot. J'aimerais connaître ses coordonnées à Paris. Je dois m'y rendre la semaine prochaine.

- Ah ! Vous êtes bizarre, vous... Venir ici ! Qui vous a donné notre adresse ?

- Un responsable d'un groupe de chanteurs m'a

dit que ses parents habitaient Vantes... J'ai cherché dans l'annuaire et je suis venu au hasard.

- Entrez, je vais vous donner ça !.. Papa, si tu as fini ton café, tu peux peut-être nous laisser cinq minutes !

Dans le salon de la caravane, un vieil homme lisait son journal. Il était vêtu d'un costume gris à fines rayures blanches et aux revers croisés, coiffé d'un chapeau mou noir, relevé sur le haut de la tête, il fumait un cigarillo.

- Ne bougez pas, monsieur, je ne voudrais pas vous déranger ! Je n'en ai que pour quelques instants, s'excusa Jeannot.

- Ah ! Tu vois, le gadjo est plus gentil que toi, ma fille ! C'est normal ! Il a pratiquement le même chapeau que moi ! C'est un signe... Assieds-toi, mon frère !..

- Vous vivez tous en famille Apparemment !

- Qu'est-ce que ça peut vous foutre ? dit la fille.

- Dis donc Mathilda !.. T'es pas très polie, lui dit le vieillard. La famille, mon frère, c'est ce qu'il y a de plus important dans la vie ! Rappelle-toi toujours de ça ! Crois-en un vieux bonhomme qui a beaucoup souffert ! Offre un café à notre ami !

- Non, je vous remercie ! Je ne voudrais pas vous importuner.
-Tu voulais voir mon petit-fils ? C'est un garçon très bien et qui a réussi ! Tu sais, il a une très belle situation à Paris.
Juste au-dessus de la tête du vieil homme il y avait, fixée au mur, une rondelle de sapin dont l'écorce avait été peinte en bleu. On y avait collé une photographie en noir et blanc colorisée et à présent fort défraîchie.
- Mais c'est le port d'Oran ! s'exclama Jeannot.
- Eh oui, mon frère, tu connais ?
- J'y ai fait une partie de mon service militaire pendant la guerre d'Algérie.
- Ah ! Triste période ! Cette photo, c'est tout ce qui nous reste comme souvenir ! Quand on nous a rapatriés je me suis retrouvé avec ma femme, mes trois filles et mes deux sœurs sur le port de Marseille sans un sou. J'ai dû travailler pendant des années avant d'échouer ici, en Bretagne, avec toute ma famille.
- Papa... Tu ne vas pas raconter ta vie à ce monsieur ? Ça suffit maintenant ! Tenez, je vous donne la carte de mon fils. Il y a son adresse et son téléphone !

- T'as vu comme elle me parle ma fille ! Ah ! putain de sa mère ! Si j'étais moins vieux ! Je te le dis, ma fille, tu me respecterais un peu plus !

- Merci, madame.. Je vais vous quitter à présent... Au revoir, monsieur, portez-vous bien !

- Tu le mets presque à la porte ! C'est si rare que quelqu'un de bien nous rende visite !... On aurait pu parler un peu de l'Algérie ! Tu sais... J'en ai des souvenirs... des bons et des mauvais ! Comme toi sans doute ?

- Oh moi, vous savez, les miens ne sont pas terribles et j'essaie toujours d'oublier ce que j'ai vécu là-bas !

- Je comprends, je comprends ! J'étais employé dans une immense propriété... Je m'occupais des vignes.

- Papa ! Ça suffit... Tu vas encore te fâcher et pleurer !

Jeannot changea de conversation.

- Et votre fils, vous le voyez de temps en temps ?

- Forcément ! C'est un bon fils ! Qu'est-ce que vous croyez ? répondit la mère. Il est très occupé à Paris. Sa dernière visite remonte à environ un mois. D'ailleurs vendredi, il sera là. Je lui dirai que

vous êtes passé... Comment vous nommez-vous ?
- Euh ! Laventure... Oui, dites-lui que monsieur Laventure est passé le voir...
- Au revoir ! J'espère que vous ferez affaire avec mon fils...
Le vieillard s'était levé. Il haussa les épaules en montrant sa fille d'un regard d'excuse. Jeannot lui serra la main puis s'engagea vers la sortie. C'est alors qu'il remarqua les chaussures de l'ancêtre. Elles étaient noires, vernies avec une boucle dorée, comme les autres, mais sans défaut de fabrication. Devant la porte, il constata que le chien l'avait attendu sagement.
- Vous ne connaissez pas le propriétaire de ce chien, par hasard ?
- Jamais vu, répondit sèchement la femme en claquant derrière lui la porte de la caravane.
Qu'est-ce qu'elle m'a raconté, la gonzesse de la mairie ? Il est charmant, ce vieux pied-noir ! Par contre, les bonnes femmes ne sont pas baisantes ! Je me demande comment sont leurs maris ? Et toi, vieux chien ! Qu'est-ce que tu vas devenir ? Tu dois bien avoir un maître ? Je t'emmènerais bien, mais ma femme, c'est sûr, ne serait pas contente ! Pour une fois qu'un clébard s'attache à moi, c'est trop con !
Il regarda, ému, dans son rétroviseur, le chien qui

courait après la voiture... Il accéléra ! *"Et puis ce chien perdu, tout prêt à se suicider." C'est dans la chanson de Ferré, ça ?.. Lochu ! l'an dix mille... Je m'en souviens, de l'enterrement de Lochu !... On espérait tous que, peut-être, Léo ferait le déplacement.*

Jeudi 20 avril 2001

BONJOUR, madame, je suis passé en début de semaine, je voulais voir Jean-Baptiste de Kerbouic, hélas, il était absent. J'aimerais savoir s'il a repris les cours ?
La secrétaire du surveillant général consulta le registre d'appel.
- Oui, je me souviens de votre visite. Aujourd'hui, il est inscrit présent. C'est à quel sujet, s'il vous plaît !
- Oh rassurez-vous, le motif de ma visite est purement amical ! Je dois discuter avec lui de musique. Il aurait des problèmes d'orchestre que je pourrais résoudre le cas échéant !
- D'accord ! Mais par contre il vous faudra attendre la fin des cours, dans quelques minutes.

- L'ennui, c'est que je ne l'ai jamais vu !
- J'irai vous le chercher. Attendez dans ce petit bureau, je vous l'amène.
- Je vous remercie très sincèrement, madame. Vous êtes trop aimable !
De la fenêtre, Jeannot surveillait sa voiture. *Des fois que l'envie reprenne à l'autre artiste de recommencer ses conneries.* On frappa à la porte. Le jeune Kerbouic entra tout en hésitant.
- Bonjour, jeune homme ! Vous semblez surpris, vous attendiez quelqu'un d'autre ?
- C'est à dire que la secrétaire m'avait annoncé... Je pensais rencontrer M. Lescuret ? Vous travaillez peut-être pour lui ?
- Oui !
- Va-t-il enfin se décider à sortir le disque ?
- Euh !... Il hésite encore !
- Comment ça, il hésite... Nous lui avons pourtant avancé les 100 000 francs nécessaires à sa fabrication !
- Oui... Bien sûr, mais...
- Déjà, il y a six mois, nous avons dû lui régler l'impression de nos plaquettes de présentation...
- Je sais tout ça ! D'ailleurs pour tout vous dire, depuis que M.Lescuret m'a embauché, je m'éton-

ne que des jeunes gens comme vous disposent d'un tel capital ! Vous avez sans doute fait un emprunt ?

- Non ! C'est mon grand-père, le duc de Kerbouic, qui nous a fait l'avance. Vous vous doutez bien que ce n'est pas avec ce que les Rats bleus prennent comme cachet qu'ils auraient pu financer une telle opération. Mais, revenons à notre disque Nous devions enregistrer en studio début janvier et nous n'avons toujours pas de nouvelles ! Ma famille envisage de porter plainte pour récupérer les 100 000 francs que mon grand-père nous a prêtés ! Dites-le à votre patron, si vous avez la chance de le rencontrer !

- Pourtant, il existe bien, ce disque ?

- Lequel ? Ah ! Vous voulez parler de cette maquette que nous avons enregistrée nous-mêmes au château et dupliquée sur mon ordinateur. Vous ne semblez pas être très au courant ...

- Non ! Je viens juste d'être embauché. Ecoutez, je transmettrai tout ceci à M. Lescuret, soyez-en assuré !

- J'espère bien ! Nous sommes à présent persuadés d'avoir été victimes d'un escroc ! Ça aussi, vous

pouvez le lui dire ! Il peut s'attendre à des poursuites ! Au revoir, monsieur !
- Au revoir, jeune homme !
Eh ben dis donc... le duc ! Dix briques... Il faut qu'il l'aime vraiment, son petit-fils ! A moins qu'il soit totalement gâteux comme disait le frère jumeau... Au fait, j'aimerais bien savoir ce qu'il foutait dans les appartements de la rue Léautaud, cet oiseau-là !

MONSIEUR le duc, mon enquête devrait aboutir dans une petite semaine. A ce propos, vous êtes-vous renseigné sur la présence de votre neveu Hubert dans vos appartements ?
- Eh oui, bien sûr ! J'ai téléphoné le jour même, vous pensez bien ! Les domestiques m'ont effectivement relaté sa visite. Rien de grave, mon cher Jeannot, rien d'intéressant pour votre enquête ! Il a juste... Enfin rien qui puisse vous intéresser !
Jeannot n'osa pas lui révéler que, ce jour-là, le personnel était en congés tant il appréhendait de lui avouer la façon dont lui-même s'était introduit dans l'immeuble.

- Et vous n'avez pas demandé quel était le but de sa visite ?
- Si bien sûr ! Mais je vous le répète, rien d'alarmant !
- J'en reviens au sieur Lescuret. Vous êtes vraiment certain de ne pas l'avoir jamais rencontré pour affaires ?
- Ecoutez, mon cher ami... Si je dois vous répéter mes déclarations tous les trois jours !... Ce n'est pas possible ! Je ne suis pas sénile, tout de même... j'ai toute ma mémoire !
- J'ai rencontré ses parents. Ils habitent à Vantes dans un quartier plutôt mal famé ! Sa mère loge dans une caravane. Apparemment il est le seul à avoir réussi dans cette famille qui semble nombreuse. A propos, le grand-père est un ancien réfugié d'Algérie. Il était paysan à Oran !
- Connais pas ! Je ne vois pas très bien l'intérêt de cette visite. Je suis sûr que vous perdez votre temps avec ces gens-là ! Enfin ! Si vous me dites que vous êtes sur le point d'aboutir... Après tout je vous laisse, vous êtes seul juge. Veuillez m'excuser, je dois m'habiller pour me rendre au bourg. A bientôt !

DANS le parc, Jeannot rencontra le jardinier, son ami Louis Martelot.

- Salut Jeannot, ça avance ?

- Très sérieusement, mais j'ai l'impression que le duc me cache quelque chose. Je suis sûr qu'il connaît un individu que je suppose être son agresseur, mais il nie totalement l'avoir rencontré. Et pourtant !

- Comment il s'appelle, ton suspect ?

- Il se nomme Lescuret ! Mais dis donc, t'entends bien, toi, maintenant ?

- Euh oui ! J'ai mis un appareil... Lescuret, Lescuret ? Non ! Ce nom ne me dit rien ! C'est un gars du coin ?

- Ses parents habitent à Vantes... Style manouche. J'ai rencontré le grand-père. Lui aussi a vécu à Oran... Son petit-fils, est imprésario des Rats bleus , il habite Paris. Il serait venu ici, au château, assister à une de leurs répétitions... Tu ne l'as jamais rencontré ?

- Oh ! tu sais, ces jeunes branleurs et leur musique de sauvages... quand je les vois ou les entends, je me barre en courant !

- C'est le Marquis qui m'a donné le numéro de la bagnole du petit-fils Lescuret. Je suis allé à Paris et je l'ai rencontré. Tiens-toi bien... il est copain avec Hubert, le neveu du duc.
- Ah ! Monsieur Hubert ! Celui-là je le connais ! Ici, ils ne peuvent pas le blairer. Il est pourtant plus sympathique que son frère, l'autre... le Philippe !
- Sympathique, tu dis ?... Je les soupçonne pourtant d'être complices. Ils auraient extorqué 100 000 francs au duc pour la réalisation du disque des Rats bleus !
- Alors pourquoi ton... comment qui s'appelle déjà ?
- Lescuret.
- Pourquoi ton Lescuret aurait essayé en plus d'assassiner le duc ... ici... sur nos terres ?
- Je ne sais pas, moi ! Peut-être se sont-ils donné rendez-vous afin de discuter... de négocier ?
- Sur les bords de la Seiche ? Dans ce chemin creux ? T'es con ou quoi ?

Vendredi 21 avril 2001

LE RAGUEVÈS reprit la route de Vantes. Il voulait en savoir plus et... le grand-père Lescuret ne semblait pas avare de confidences. Il était environ 9 h. quand il gara sa vieille Fiat pratiquement à l'entrée du campement. Il constata que l'Alfa-Romeo était bien arrivée. Jeannot était encore dans sa voiture quand Pierre Lescuret sortit de la caravane. Il semblait très en colère. Jeannot, qui avait ouvert sa vitre, l'entendit dire à sa mère, debout sur le seuil :

- ...besoin de personne ! Il commence à m'emmerder, celui-là ! Je vais aller le trouver, ce connard et ce coup-ci je vais lui casser la gueule !

Il fit ronfler deux ou trois fois le moteur puis, à travers de grandes giclées de boue, la voiture en zigzaguant sortit du camp.

Le Raguevès sentit le canon d'un revolver sur sa tempe gauche.

- Salut, connard de flic !

C'était le grand-père.

- Alors, mon frère... Tu veux faire des misères à mon petit-fils ? Tu dois bien penser que l'autre jour, après ton départ, on lui a téléphoné. Il nous a raconté ta visite à Paris ! Qu'est-ce que tu lui veux à ce petit ? Sors de ta bagnole ! A ce qu'il nous a dit, tu le soupçonnes d'être un assassin ? Et on te paye pour ça ? Tu devrais avoir honte de travailler pour de tels individus !

- De quels individus parlez-vous ?

- Des Kerbouic ! Allez sors, on va s'expliquer. Passe devant, je te suis !

Jeannot sortit de sa voiture et leva les mains !

- Baisse les bras, connard ! Tu vas nous faire remarquer !

Ils entrèrent dans la masure.

- Tiens assieds-toi là, sur cette chaise. Mets tes mains derrière le dossier que je t'attache !

- Vous avez commencé l'autre jour à me raconter votre vie en Algérie...

- Je ne t'ai rien raconté du tout ! Ou si peu ! Tu voudrais bien savoir comment j'ai connu ton patron... le triste sire de Kerbouic ? Eh bien, tu vas le savoir ! Ecoute bien, mon frère !

JE CROIS bien que j'ai fait une ânerie en prenant ce détective ! Il va finir par découvrir la vérité... Avais-je le choix ? Un homme de mon rang ne peut se faire agresser sans qu'il y ait enquête, même officieuse. Pourtant j'étais sûr que cet idiot n'aurait jamais trouvé le moindre indice... S'il n'a pas encore tout reconstitué, cela ne saurait tarder ! Il me faudra certainement le payer... Cher... Mais tant pis ! Il faudra qu'il se taise ! Personne ne doit savoir ! Jean-Baptiste m'a mis dans de beaux draps avec ses Rats bleus. Si j'avais su ! Pourvu que les enfants n'apprennent jamais cette histoire lamentable ! Elle était si belle, cette petite Mathilda ! Il faisait si chaud ! Nous étions presque seuls dans l'immense propriété ! Tous nos gens travaillaient dans les vignes. J'avais fait la sieste et vers seize heures elle vint me réveiller en m'apportant une boisson rafraîchissante. Elle a ouvert les persiennes et à travers sa djellaba que le soleil rendait transparente, son corps d'adolescente s'offrit à mes yeux. Quel spectacle magnifique ! Il y avait longtemps que je n'avais pas eu l'occasion de faire l'amour. Je l'ai priée de s'approcher ! Je me rappelle... elle hésitait. Puis quand elle fut à côté de moi, je lui ai pris le poignet. J'ai rejeté les draps. Elle tenta de se dégager... Puis je la fis basculer sur le lit... sur mon corps nu, déjà moche, gras, horrible avec ses plis... J'avais 50 ans... elle en avait quinze ! Elle a subi mes assauts. Je lui ai fait jurer de ne rien dire ! Elle avait peur ! Je l'ai terrorisée, elle craignait surtout pour sa famille... Je lui donnais chaque jour une pièce et pendant trois semaines j'ai abusé de cette petite. Et j'y ai pris tellement de plaisir !... Mon Dieu qu'à présent j'en ai honte ! Non, vraiment, il ne faut pas ! Il ne faut pas que quelqu'un apprenne cet épisode honteux de mon séjour en Algérie.

ALORS le vieux Lescuret, les larmes aux yeux, commença son histoire.

- Les Kerbouic avaient des milliers d'hectares dans l'Oranais, pour la plupart des vignobles. Je suis né sur ces terres magnifiques. J'ai arrosé de ma sueur chaque grain de raisin des vignes de ces salauds ! Remarque bien que pendant des années je les ai vénérés ! Je ne pouvais d'ailleurs faire que ça... on nous faisait prier chaque matin pour que nos patrons nous préservent de la famine... On a fini par les idolâtrer. Des portraits du maître étaient punaisés jusque dans nos chambres. Chaque soir

je m'endormais en regardant la tête d'Alfred de Kerbouic... le grand-père de l'autre faux-cul, le fondateur du domaine ! Je te jure, mon frère, que c'est vrai !
Le régisseur s'appelait Rodriguez. Il était espagnol. Il avait la réputation d'être un homme dur, injuste et totalement soumis à ses patrons. J'ai appris beaucoup plus tard que c'était mon père ! Il baisait à tour de queue les plus belles de ses ouvrières. Le lendemain de son accouchement, alors qu'il passait à cheval dans la cour de la ferme, une femme eut l'audace de lui tendre son bébé à bout de bras. Il l'a tuée... comme ça... simplement... d'un coup de sabre, sans même descendre de sa monture. Il lui a tranché la tête ! Les femmes hurlaient. Les hommes serraient les poings ! C'était ma mère ! Je suis tombé à côté d'elle, dans le sable. Une vieille fatma m'a recueilli. Elle m'a inscrit à l'état civil sous le nom d'Ali Lescuret... le nom d'un Français qu'elle avait connu et aimé, mort lui aussi. Après avoir été ballotté sur son dos, pendant qu'elle raclait la terre ou cueillait les grappes de raisin, on m'a mis à mon tour, dès mes premiers pas, aux récoltes. Dix-huit ans plus tard, sur son lit de mort, elle ma raconté l'horrible boucherie ! Et pourtant, je bénéficiais, sans le

savoir, des faveurs de Rodriguez ! Il jouait les bienfaiteurs en donnant quelques petits sous supplémentaires à la vieille qui me nourrissait quotidiennement ! Quelques remords sans doute !... Quand j'eus vingt ans, il m'appela dans son bureau et me nomma responsable d'une équipe ! Je fus, dès ce jour, considéré comme un privilégié et je passai, contre ma volonté, de l'autre côté de la barrière. Je mangeais à l'office avec les autres larbins, près de la salle à manger où se goinfraient les maîtres. Puis les années ont passé, je me suis marié avec une autre fille naturelle du régisseur, nous avons eu trois enfants. Rodriguez me fit avoir une case dans une petite mechta dont les loyers étaient reversés à nos chers patrons ! Et puis en 1959, l'autre vieux salaud est venu. Ma plus jeune fille avait quinze ans. Pendant les trois semaines de son séjour, il l'a violée quotidiennement. Elle s'est retrouvée enceinte. Quand elle m'a avoué qui était le père, j'ai dû évoquer la paternité du duc à Rodriguez. Ce n'était pas facile d'avouer une telle chose ! Il m'a répondu en rigolant que l'on ne pouvait déranger M. le duc pour une histoire aussi banale ! Il en parlait en connaissance de cause, lui, mon cher géniteur ! Plus tard le bébé est né... C'était un garçon ! On l'appela Pierre ! Puis un jour, Rodriguez m'a appelé dans son bureau et m'a lu un extrait d'une lettre qu'il venait de recevoir. Le duc niait, bien évidemment, toutes mes accusations et menaçait de nous jeter à la rue si nous ébruitions ces ragots.

- Le duc est donc le père de votre petit-fils ? Ah nom de dieu ! Et il le sait ?

- Eh oui, mon frère, il le sait. Il a même eu droit à une photographie.

- Détachez-moi ! monsieur Lescuret, s'il vous plaît !.. Ça ne rime à rien ! Je ne partirai pas.

Le vieil homme, tout en déliant son prisonnier, continua son récit.

Quand il est revenu en 1961, les fellaghas avaient descendu Rodriguez et avaient libéré les 200 travailleurs de la ferme. Certains s'enrôlèrent dans les rangs du FLN. Malgré notre misère, cet affranchissement nous faisait plus peur qu'il nous rassurait. Nous étions totalement soumis et pour la plupart ignorants. Les Kerbouic avaient juré sur l'honneur qu'ils ne nous abandonneraient pas. Avec mon nom français et mes fonctions, l'administration nous a recensés parmi les pieds noirs. Si pendant quelque temps j'en fus rassuré, j'ai vite déchanté quand est venu le temps de l'exode. Car tu sais, parmi les pieds-noirs, il n'y avait pas que des gros colons, il y avait aussi des pauvres... Et fais-moi confiance quand je dis pauvre... Au domaine, nos salaires, après avoir payé la location et notre nourriture, retournaient chaque mois dans les poches des Kerbouic et il ne nous restait plus rien ! J'ai profité du désordre qui régnait et je suis aller fouiller dans les bureaux désertés. Parmi les papiers qui n'avaient pas brûlé, j'ai retrouvé l'adresse du duc à Paris. Je lui ai écrit une lettre dans laquelle je lui annonçais que nous allions rejoindre la métropole. Je ne lui parlais de Pierre que très discrètement, par de vagues sous-entendus. J'y ai joint une photo de Mathilda et de son petit, alors âgé de... trois ans... Elle m'avait coûté chère cette photo ! Enfin, je lui demandais une somme d'argent pour nous aider à nous installer en France. Oh, presque rien ! Une misère... J'en rigole à présent ! Je n'ai jamais rien reçu ! Le silence est décidément le plus profond des mépris ! Ce n'était pas de la mendicité, c'était... c'était une question d'honneur, quoi ! L'honneur de ma fille... de ma famille ! Merde alors ! La suite, je te l'ai dit, arrivés à Marseille, nous avons d'abord mendié puis travaillé dur, très dur et quelques années plus tard nous avons eu l'occasion d'un transport presque gratuit pour la Bretagne ! Arrivés là, la mairie nous a logés dans cette maison qui n'était déjà pas, à l'époque, très reluisante. Petit à petit, avec tous nos salaires réunis, nous avons pu acheter le terrain. Depuis, les manouches viennent camper chez nous pour un loyer dérisoire. Je ne les aime pas ! Enfin je ne les aime plus ! Il n'y a plus, pour ainsi dire, de vrais Roms. A présent ce ne sont, pour la plupart, que des exclus de la société qui se dégénèrent d'années en années, ignares, insolents et qui ne respectent plus rien ! Je n'ai que des ennuis avec eux ! Voilà toute l'histoire ! Alors tu imagines ma surprise quand j'ai appris, quarante ans plus tard, que le duc s'était retiré à Kernec, un petit bled à côté de Lornet !

- Ah ben merde alors ! Jamais je n'aurais imaginé une telle saga ! Y'a pas que l'armée française qui a laissé des veuves et des orphelins en Algérie ! Ecoutez monsieur Lescuret, j'aurais voulu attendre le retour de votre petit-fils, mais il me presse d'aller titiller le duc avec cette histoire. Je n'aime pas beaucoup qu'on se foute de ma gueule. Au fait, tout à l'heure, Pierre !... c'est après moi qu'il en avait ?

-Tu as peur, hein ? Arrête de trembler ! Il est seulement parti encaisser les loyers qu'un connard me doit ! Ne t'inquiète pas, va, il n'a jamais tué personne !

- Peut-être !... Mais qu'est-ce qu'il foutait sur les lieux de l'agression. J'ai quand même un témoin qui a reconnu sa voiture !

- Je ne sais pas !

Le regard du vieil homme s'était troublé. Des larmes coulèrent sur ses joues. Il semblait être ailleurs. Là-bas en Algérie peut-être...

- A Paris... il a quand même embouti mon véhicule ! A son bord, il était avec un copain et... ne vous en déplaise, monsieur Lescuret... c'était un Kerbouic... Hubert, le neveu du duc ?..

- Je ne sais pas ! Je ne sais pas ! Je n'oublierai jamais le mal que m'a fait cette famille-là. Jamais... Jamais !

- Je vous l'ai dit, j'étais moi aussi à cette époque à Oran. J'ai été témoin en quelque sorte d'un épisode de votre vie, car, avant de repartir pour la métropole, séquestré par le FLN, le duc s'était réfugié dans la caserne où j'étais affecté ! Le monde est vraiment tout petit, vous ne trouvez pas ? Mais au fait, il y en a une autre, de coïncidence ! Mon copain de régiment, Louis Marte-

lot... l'actuel jardinier du duc... Eh bien, lui aussi était avec moi là-bas !
- Je ne sais pas ! Je ne connais pas ton ami !

LORSQUE Rodriguez m'a appris la naissance de l'enfant, je lui ai donné l'ordre de se débarrasser de toute cette famille de bâtards. Il ne m'a pas écouté. Lui aussi, apparemment, avait des relations avec les femelles de l'exploitation ! Hi ! Hi !... J'aime bien ce mot... exploitation ! Après tout, tous ces gens étaient bien contents de nous trouver ! On a beau dire, ils n'étaient pas capables de s'autogérer. La preuve ! Après toutes ces années passées, ils sont encore en train de se battre. Je croyais être définitivement débarrassé de cette histoire et puis j'ai reçu la lettre du père qui me demandait de les aider ! Ah ! Les aider ! Facile à dire ! C'était reconnaître... Et puis combien de temps leur chantage aurait-il duré ? Vis-à-vis de la famille et surtout de mes enfants, je ne pouvais pas. Je ne pouvais pas les affubler d'un tel petit frère. Je connais la discrétion de ces gens-là : ils seraient venus aux portes du château étaler leur pro-

géniture. Non, Décidément, j'ai bien fait... Ce n'était pas possible ! J'imagine la tête d'Elisabeth ! en train de bercer une petite Berbère ! Hi ! Hi ! Hi !...

ALLEZ ! Maintenant, fous-moi le camp ! Tu as de la chance. Je ne sais pas pourquoi mais... tu m'es sympathique... Pourtant les flics, je n'ai jamais pu les blairer !
- Je ne suis pas un flic, monsieur Lescuret !
- Oh ! Un détective privé, c'est pour ainsi dire la même chose !
- Non ! Moi, je débrouille les ficelles !... Je reconstitue la pelote et après les gens en font ce qu'ils veulent. Ils tricotent ou la rangent dans l'armoire. Je n'ai jamais fait emprisonner personne ! Je fais toujours l'impossible pour que tout s'arrange... à l'amiable... Si cela peut se faire... Portez vous bien, monsieur Lescuret. A bientôt !
Jeannot partit presque en courant. Il avait hâte de confronter Kerbouic à toutes les révélations que venait de lui faire le vieux Lescuret.
En début d'après-midi, il sonna aux portes du

château. Melle Roselle le conduisit immédiatement dans le bureau du duc.
- Monsieur le duc... j'ai de graves nouvelles à vous communiquer ! J'ai rencontré M. Ali Lescuret... Le père de l'imprésario des Rats bleus...
Le duc avait pâli.
- Oui et alors ?
- Monsieur le duc... Il m'a raconté sa vie !
- Oui, et alors ?
- Monsieur le duc !
- Je ne connais pas ces gens !
- Vous ne m'aidez pas beaucoup ! Mais eux vous connaissent, peut-être un peu trop ! Ils pourraient avoir eu l'envie de se venger !
- Se venger de quoi, grands dieux ?
- Excusez-moi, mais parlons franc ! Vous seriez le père de Pierre Lescuret, né en Algérie, en Oranais, en 1960, sur votre domaine !
- Et vous croyez à cette histoire ? Ces gens-là sont vraiment prêts à tout pour obtenir quelques billets ! D'ailleurs je vais vous avouer, ce sont eux qui me doivent de l'argent ! Je leur ai avancé près de 100 000 francs pour...
- Ça aussi je le sais, monsieur le duc !
- Qui vous l'a dit ?
- Votre petit-fils.

- Je vous avais pourtant défendu de l'inquiéter ! Ecoutez, Jeannot, laissez tomber cette affaire. Dite-moi combien je vous dois et n'en parlons plus ! Ma santé est bonne, c'est le principal. L'idée de me venger ne m'intéresse plus ! Vous m'expédierez votre note. Au revoir !

- Mais cette importante somme d'argent ?

- Quelqu'un d'autre s'en occupe, soyez tranquille.

Il appuya sur une sonnette, puis disparut par une porte située derrière son bureau, laissant seul Jeannot, totalement éberlué. Melle Roselle vint le chercher et le raccompagna jusqu'aux grilles.

- Vous travaillez pour M. le duc depuis combien d'années, mademoiselle ?

- J'avais vingt ans quand je suis entrée au service de Monsieur ! C'était en 1962. Je n'étais que sa secrétaire alors. Au fil des ans je suis devenue ce que je suis à présent, secrétaire, infirmière et pour toujours souffre-douleur !

- Vous rappelez-vous avoir reçu à vos débuts une lettre, qui venait d'Algérie, d'un certain Lescuret ?

- Attendez ! Le nom ne me dit rien, mais l'origine oui ! Elle était parmi les premières que j'ai reçues au bureau de Paris. Je me souviens bien...

Elle était remplie de fautes ! Nous en avions d'ailleurs bien ri avec M. le duc !
- Pourtant le sujet ne portait guère à la rigolade !
- Oui effectivement... Enfin, peut-être, je ne sais plus !.. Au revoir, monsieur !
Elle tourna les talons et repartit vers la demeure.
Jeannot allait démarrer, quand Louis Martelot frappa à sa vitre.
- Alors, as-tu trouvé quelque chose ?
Il commence à m'énerver, celui-là, à me poser toujours la même question !
- Oui, c'est presque fini !... C'est même fini d'ailleurs ! Dis donc, au fait, rappelle-toi ! A l'armée... Quand vous êtes partis avec ta compagnie secourir le duc ... Il n'était tout de même pas resté tout seul dans sa ferme ?
- Euh ! non ! Il y avait quelques bédouins complètement paumés qui restaient comme des cons à attendre on ne sait qui ou on ne sait quoi !
- Et qu'est-ce qu'ils sont devenus ?
- Alors là, mon gars, tu me poses une colle ! Je ne sais pas du tout... Tu penses bien qu'on n'en avait rien à foutre de tous ces bicots !
- Allez salut, à la prochaine !
- Mais tu ne m'as pas dit qui c'était !

Jeannot était de très mauvaise humeur. Il ferma sa vitre et ne répondit pas. Dans son rétroviseur il vit Martelot ricaner. Il fit craquer la première et disparut dans un gigantesque nuage noir.

ME VOILÀ viré ! Mais je n'ai pas l'intention de laisser tomber... Ce vieux salaud m'a donné soif ! Avant de rentrer, allons nous rincer la dalle... Peut-être que le Marquis sera là. Je lui dois bien quelques explications !

Quelle ne fut pas sa surprise en voyant l'Alfa-Romeo garée devant le bistrot. A peine eut-il franchi le seuil de la porte qu'Yvonne, la serveuse, le prévint tout de suite :

- Y'a un monsieur qu'a demandé après vous ! Je lui ai dit qu'on ne vous avait pas vu depuis au moins quinze jours... Il a dit que vous étiez sur Kernec aujourd'hui et que peut-être vous viendriez boire un verre !

- Merci ! Le Marquis est là ?

- Non ! Heureusement, il est parti, fin plein, au milieu de l'après-midi !

Jeannot se dirigea vers le fond de la salle.

- Bonjour, monsieur Lescuret !

- Bonjour, monsieur Lav... Votre vrai nom... c'est ?

- Le Raguevès !

- Bonjour monsieur Le Raguevès !

- Comment m'avez-vous trouvé ?

- Je connaissais l'endroit... Et puis, j'avais un rendez-vous cet après-midi avec une chanteuse à Lopéret. En rentrant, je suis passé devant le château des Kerbouic. J'ai reconnu votre Fiat devant l'entrée ! Mon grand-père m'avait fait sa description ! Il a ajouté, l'index levé : "*Avec une telle bagnole il ne peut pas être un malhonnête homme !*" Tout d'abord, je dois m'excuser pour le rodéo parisien ! Hubert m'avait confirmé que vous étiez un détective embauché par son oncle, j'ai eu peur ! Déjà après votre visite... Et puis, au restaurant, nous avions un peu trop bu. Ecoutez, monsieur Le Raguevès... j'ai des révélations à vous faire !

- Je vous écoute ! Quant à l'accident... ce n'était qu'une voiture de location... et puis ça m'a donné l'occasion de faire un esclandre qui laissera un souvenir inoubliable à un membre de la maréchaussée. Vous m'en voyez ravi ! Ça lui donnera enfin un sujet de conversation ! Dans cinquante ans, il racontera encore son aventure à ses petits-enfants !

- Eh bien justement, parlons-en, de progéniture !.. Mon grand-père vous a raconté le fabuleux destin des Lescuret...

- Oui, depuis quand savez-vous que vous êtes le fils du duc ?

- Oh ! Je l'ai su très jeune ! Mon grand-père voue une telle rancœur et une telle hargne à ce personnage que depuis des années ce n'est plus un secret pour personne ! Tout le campement était régulièrement mis au courant, mais personnellement, depuis l'âge de quatorze ans, dès que j'ai quitté le cocon familial pour aller faire mon apprentissage, j'avais décidé d'occulter définitivement ce triste sire !

- Vous l'aimez bien, votre grand-père ?

- Comment pourrait-il en être autrement ? Il nous a tout donné ! Il est un peu vif parfois et en veut à l'humanité tout entière... mais il a un sens très aigu de la justice ... A propos, vous lui avez tapé dans l'œil ! Il vous estime beaucoup !

- Tant mieux ! C'est un beau vieillard ! J'aime les gens qui ont souffert ! Ils sont souvent beaucoup plus humains que les nantis !

- Et pourtant vous travaillez pour le duc !

- Pour des contingences matérielles, mon pauvre ami ! Uniquement ! Ne croyez pas que je puisse avoir le moindre atome crochu avec ce monsieur ! Il m'a viré, d'ailleurs ! Vous n'êtes même plus obligé de me raconter votre histoire !

- J'ai décidé de tout vous dire ! Vous savez de quoi je vis... J'aide mon ami éditeur. Lui s'occupe des livres, moi des disques. Il s'agit, la plupart du temps, de piratages grossiers. Vous avez bien dû le remarquer avec votre Brassens ? Pour l'instant personne ne nous a jamais inquiétés mais... ça ne saurait tarder. Et puis, j'ai cette activité d'imprésario ! Mais, détrompez-vous, je fais mon travail consciencieusement ! Quelques groupes n'ont pas eu à se plaindre de mes services. Hélas, je gagne beaucoup plus d'argent avec les pigeons ! Les tocards qui s'identifient à leurs stars !

- Comme les Rats bleus ?

- Non, ceux-là ont un réel talent... Ils peuvent aller loin.

- Vous avez dû être surpris en découvrant l'identité du jeune Jean-Baptiste !
- Je ne l'ai apprise que bien plus tard. Je ne connaissais le petit que sous le sobriquet de Trouduc, comme le surnomment ses copains. Eux, vous allez rigoler... m'appellent Tonton ! Ce n'est que lorsque Jean-Baptiste m'a expédié l'adresse du château pour assister à une de leurs répétitions que j'ai fait le rapprochement. Et là, effectivement, je suis resté sur le cul. J'ai hésité longuement avant de m'y rendre... mais l'idée du disque était déjà lancée et... j'avais tellement besoin d'argent !
- C'est vous qui avez proposé cette histoire d'enregistrement ?
- Non, Non ! C'est encore Jean-Baptiste. Je me rappelle très bien lui avoir dit que c'était un peu prématuré ! Surtout qu'ils possédaient déjà un CD de démonstration. Mais, le petit duc, avec... son autorité... et son fric... a insisté. Il envisageait un éventuel financement de son grand-père en assurant qu'il allait le travailler au corps. Les trois semaines de studio, la fabrication du disque, les droits d'auteurs, etc. représentaient une somme rondelette de près de 100 000 francs ! Le Jean-Baptiste a dû y aller fort d'arguments, car un soir

de concert il m'a remis le chèque ! J'étais époustouflé ! Je vous avoue que l'idée de disparaître avec le fric m'a effleuré. C'était une excellente occasion de venger mon grand-père.
- Oui, sûrement... Je reviens au duc... vous deviez bien vous attendre à le croiser un jour ou l'autre ?
- C'est le jour de la répétition que je l'ai rencontré. Kerbouic est passé écouter le groupe et il a demandé à son petit-fils de faire les présentations. "Papy, je vous présente M. Pierre Lescuret, l'imprésario qui doit s'occuper de la sortie de notre disque. Pierre je vous présente mon grand-père le duc de Kerbouic." Il m'a regardé fixement, il a blêmi puis il a demandé à s'asseoir.
- Mettez-vous à sa place, d'un coup il fait la connaissance de son fils adultérin et comprend en même temps qu'il vient de se faire escroquer de dix briques... Il y a de quoi être abasourdi !
- Je vous l'ai dit, l'idée m'avait juste effleuré, mais en vérité je n'avais pas l'intention de berner les jeunes. J'avais juste un peu gonflé le devis ! Ils l'auraient eu, leur disque, soyez-en sûr et... ils l'auront peut-être. Le soir même, j'ai raconté mon entrevue à mon grand-père ! Il était comme fou ! Lui qui pensait que le duc habitait toujours Paris, voilà qu'il réapparaissait à cinquante kilomètres

de chez lui ! Il voulait que je l'emmène sur-le-champ pour lui régler son compte. On a dû lui administrer un sédatif... une dose de cheval ! Il a dormi deux jours ! Et puis à son réveil il n'a plus parlé de rien...
- Vous me disiez que vous aviez un pressant besoin d'argent ?
- J'avais une dette envers un ami. Une dette de jeu.
- Cet ami, c'est Hubert de Kerbouic ?
- Oui ! C'est lui ! Mais... sans l'être !
- Comment l'avez-vous connu ?.. Vous reprenez un verre ? Jeannot héla la serveuse.
Yvonne s'approcha.
- Ce sera la dernière tournée, messieurs, nous allons bientôt fermer !
- Mais il n'est que huit heures ! Revenons à Hubert ! Vous le connaissez donc très bien...
- Oh ! Depuis au moins dix ans ! C'est un excellent copain. Quand je l'ai connu, nous fréquentions les mêmes boîtes de nuit à Paris.Un soir, j'ai participé à une partie de poker, j'ai perdu bien plus d'argent que je n'en possédais. Cinq briques ! Une folie ! Trois mois ont passé. Après plusieurs mises en demeure, j'ai reçu des menaces de la part des autres joueurs !... Et c'est Hubert qui a payé ! Ça crée des liens, vous ne croyez pas ?..

- Si on veut !... Et donc avec une partie de l'argent dù duc vous avez remboursé... votre cousin ! Un transfert, en quelque sorte !
- Un ami, l'éditeur que vous avez rencontré, m'a échangé le chèque contre du liquide ! J'ai remboursé ma dette et comme je ne voulais pas être tenté de dépenser le reste à Paris, j'ai planqué le fric dans le grenier de la maison du grand-père. Le vendredi suivant, quand je suis revenu à Vantes, j'ai constaté qu'il manquait 20 000 F. J'ai questionné ma mère ! Bien sûr, elle n'était pas au courant. Restait le pépé. Nous l'avons attendu jusqu'à huit heures du soir ! J'ai fait le tour des bistrots où il a ses habitudes. Personne ! Depuis que la mamy est décédée, il lui arrive parfois de rester manger avec un vieux cheminot, un Algérien lui aussi ! Comme ils picolent autant l'un que l'autre, le pépé reste parfois dormir chez lui ! J'ai veillé toute la nuit ! Au petit matin, je suis reparti à sa recherche. Je suis allé chez le vieux cheminot. Il l'avait vu la veille dans l'après-midi prendre le train pour Lornet. Mon sang n'a fait qu'un tour. J'ai tout de suite pensé qu'il était parti voir le duc. J'ai foncé au bourg de Kernec que j'ai parcouru dans tous les sens !
- Nous allons fermer, messieurs !

Le bar s'était vidé. On avait juste laissé la lumière dans la salle du fond. Ils n'étaient plus que tous les deux. Ils se levèrent, réglèrent les consommations et continuèrent leur conversation sur le trottoir.

- Mais pourquoi votre grand-père a pris tout ce fric ?

- Je ne sais pas ! Pendant une heure, je l'ai cherché dans tout le bourg. Je suis venu dans ce bar, puis dans celui de Kernec-Gare. Pas de pépé ! J'étais très énervé. Je me suis garé, j'ai marché un peu et je me suis accoudé sur le pont pour fumer une cigarette. C'est à ce moment que j'ai entendu des éclats de voix et des cris ! Ça venait d'un peu plus haut sur la rivière. J'ai couru dans la direction en prenant un petit chemin. Ils étaient là, à une cinquantaine de mètres en train de se battre. Je les ai séparés, bien sûr, puis mon grand-père a sorti son couteau. Je m'en suis emparé en lui tordant le poignet. C'est alors que le duc a voulu sauter sur moi. Le grand-père a crié : "*Attention !*" J'ai eu juste le temps de me retourner... et Kerbouic s'est empalé sur la lame. Enfin voilà !.. C'est donc moi l'assassin ! Enfin... l'agresseur... puisque, Dieu soit loué, le duc n'est pas mort !

- Vous parlez d'un duel... à droite : Lescuret, 88 ans, sec comme un coup de trique ! A gauche Kerbouic, 98 ans, gros et gras comme une loche... Ça devait être spectaculaire ! Si nous trouvions un autre endroit pour continuer notre conversation ?

- Pourquoi ? Vous savez tout, à présent ! Il ne vous reste plus qu'à prévenir les flics.

- Oh ! ça, ce n'est pas mon genre !

- Ecoutez, je suis très fatigué ! J'ai encore la route à faire et je vous ai dit tout ce que je savais !

- Permettez-moi de revenir vous voir demain matin chez vous, à Vantes...

J'ESPÈRE que ce Le Raguevès ne va pas continuer à remuer le... caca ! Fouille-merde !... Ils portent bien leur nom, ces journalistes ! Toujours à l'affût !... Maintenant que je lui ai interdit de poursuivre son enquête, il serait bien capable de révéler toutes ces horreurs à la presse ! Il doit bien avoir encore quelques relations dans le milieu !... Mon Dieu ! Si la famille et surtout Philippe, apprenaient tout cela !... Déjà, quand je lui ai expliqué piteusement que j'avais été victime d'un escroc et que j'avais avancé 100 000 francs à un imprésario... il m'a pris, une fois de plus, pour un gâteux ! Il s'est engagé à les récupérer lui-même ! Mais comme il ne fait jamais rien gratuitement, le bougre m'a fait promettre, une fois réglé le problème, de lui céder la gestion de l'héritage familial ! Il a enfin obtenu ce qu'il voulait. Le principal est que je récupère mon argent ! Tant pis pour le petit Jean-Baptiste et ses chers Rats bleus ! Il m'en voudra, c'est évident ! Mais je me rattraperai ! Je lui ferai un autre beau cadeau ! Pour lui seul, cette fois !.. Je suis fatigué de toutes ces histoires louches. C'est comme ce tableau qui avait soudainement disparu de l'appartement à Paris. Le voilà revenu ! Il faut dire que cette croûte était tellement moche que je l'avais accrochée dans l'antichambre d'un bureau où jamais ne vient âme qui vive. Personne ne s'était aperçu de sa disparition, pourtant elle m'avait coûté 75 000 francs ! Voilà ce que ce c'est que de faire le fanfaron dans les vernissages ! Je n'irai plus, ça, je me le promets ! Je suis de plus en plus inquiet. Je ne dors plus la nuit. Je voudrais que tout s'arrêtât là. Je voudrais que cette vie s'en aille ! Mon passé disparaîtrait avec moi ! Dans la tombe... dans la tombe les secrets du duc Edouard de Kerbouic ! Et l'ordure, qui me persécute depuis quarante années n'aura plus qu'à se pendre. Non ! Décidément tout cela n'est plus de mon âge !

Samedi 22 avril 2001

LE VIEUX CHIEN était là, assis sur le parking, comme s'il attendait depuis trois jours le détective. Sitôt que Jeannot posa un pied hors du véhicule, il se mit à aboyer presque joyeusement puis le suivit pas à pas. *Décidément, il faudra que je change de chaussettes !*

Le vieux Lescuret, lui aussi, l'attendait.

- Bonjour, mon frère, alors tu as ramené ton gros chien ?

- Je vous ai déjà dit qu'il n'était pas à moi ! Je ne sais pas ce que je lui ai fait, mais il semble beaucoup m'apprécier.

- Comme moi, sans doute ! Je t'attendais ! Depuis que Pierre m'a dit que tu allais venir, je guettais ton arrivée. Il t'a tout raconté, n'est-ce pas ? Il ne faut pas le croire. Je te le jure, c'est moi qui ai donné le coup de couteau ! Ne crois pas le petit, s'il te plaît. Viens, nous allons aller tous les deux au commissariat... Tu n'auras qu'à me livrer !

- Ça ne va pas, non ! Vous commencez à m'emmerder avec vos flics. Je vous répète que je n'ai jamais affaire à eux !

- Bonjour, monsieur Le Raguevès !

- Bonjour, Pierre ! Alors, bien rentré hier soir ?

- Oui. Très fatigué ! La route m'a semblé longue. Entrez !

Il lui ouvrit la porte de la caravane. Sa mère se montra, cette fois, fort aimable.

- Bonjour, monsieur, entrez je vous en prie, je vais servir le café ! Entre, papa, tu vas prendre froid !

Ils s'installèrent dans le salon. Mathilda coupa la télévision. Ils se regardèrent sans trop savoir par quel bout commencer. Devant son petit-fils, le vieux Lescuret semblait assagi et restait coi. Ce fut Jeannot qui entama le dialogue :

- J'ai repensé cette nuit à vos aveux. Si la majeure partie paraît plausible, il reste quand même quelques sérieux coins d'ombre. Par exemple, hier soir, dans le feu de vos révélations, vous avez tout bonnement oublié votre grand-père. Qu'est-il devenu après l'agression ? Vous l'avez laissé au bord de la Seiche ? Effectivement, mon témoin n'a vu qu'une seule personne repasser devant sa maison.

- Je te l'ai dit, mon frère... Tu compliques ! Pas la peine de chercher midi à quatorze heures. C'est moi et puis c'est tout !
- Bon, admettons ! Mais dites donc, grand-père, vous avez la rancune tenace.
- En ce qui concerne le duc... Oui ! Si notre condition s'était améliorée, j'aurais sûrement oublié. Mais... tu as vu où nous vivons ?.. Dans des taudis... avec les rats comme voisins... Tu avoueras que dans ces conditions on peut avoir du mal à oublier !
- Tais-toi, pépé, s'il te plaît !
- Ecoutez ! Si vous pouviez une bonne fois me dire la vérité tous les deux !
- Oui, vous avez raison !..
Le petit-fils regarda son grand-père. Le grand-père soupira et essuya une larme. Comme c'était de son passé qu'il allait être question, il reprit la parole :
- Je t'ai raconté que j'avais écrit au duc quand il a été question d'être rapatrié en France ! Eh bien c'est faux... C'était bien avant, deux mois après la naissance du petit. Par contre, le jour où l'armée est venue libérer le duc, je me suis dit : jamais tu ne reverras cet homme-là, profite de sa présence

pour lui parler. J'ai eu beaucoup de mal à l'approcher. Je l'ai suivi dans la maison jusqu'à son bureau. Je n'ai pas frappé à la porte, il était devant la cheminée et brûlait des papiers. Comme il ne m'avait pas entendu, il a eu presque peur en me voyant. Je me suis présenté, il a d'abord souri avec mépris puis a pris un ton hautain. Qu'il reconnaisse sa paternité, je n'y croyais pas, mais au moins j'espérais qu'il allouerait une pension à Mathilda. Il n'a rien voulu savoir. Alors je me suis énervé. Conforté par notre récente émancipation, je l'ai insulté et j'ai menacé de le tuer. C'est alors qu'un soldat est entré dans la pièce. D'un ton autoritaire il m'a dit : "Toi le crouille attends-moi dehors !" Je suis sorti et j'ai attendu. Pourquoi ?... Je ne sais pas. Je pouvais partir... j'étais libre après tout ! Mais non, je suis resté là en espérant peut-être que ce jeune troufion allait m'apporter une bonne nouvelle. Ils sont restés ensemble presque une demi-heure, puis le petit militaire est venu me rejoindre. Il m'a expliqué qu'avant d'intervenir, il avait entendu toute notre conversation... Il semblait écœuré et me plaignait vraiment. Il me jura qu'il mettrait tout en œuvre pour me rendre justice. Il m'a fait promettre de lui communiquer régulièrement mon adresse, dès mon arrivée en

France. Ce que j'ai fait, bien entendu ! Je lui écrivais à peu près une fois par an...
- A quelle adresse ?
- Chez sa mère à Lornet. Un jour, en 1970, il m'a écrit qu'il avait retrouvé la trace de la famille Kerbouic. J'étais tellement heureux que je lui ai demandé de m'avancer l'argent pour notre déménagement. Il s'est arrangé avec un transporteur. Nous n'avions rien à déménager... sauf la famille... sept personnes. Nous avons voyagé parmi les cartons dans la remorque du camion. Arrivés à Vantes, il m'a donné rendez-vous à Lornet, chez sa maman. Hélas, il m'annonça qu'il s'agissait d'une fausse piste et que le duc restait introuvable. Et puis je suis resté des années sans nouvelles de cet individu. Comme il n'était pas loin, je ne lui écrivais plus, vous comprenez ? Je savais où le trouver et puis je pensais qu'avec le temps il avait oublié ses promesses.
- Ce qui aurait été logique ! Cet individu... c'est Martelot, n'est-ce pas, le jardinier du duc ?
- Oui ! C'était lui le petit bidasse.
- C'est bizarre, je m'en doutais ! Mais vous ne saviez pas qu'il était au service du duc ?
- Non ! Quand Pierre m'a appris qu'il avait rencontré le duc de Kerbouic au château, j'ai écrit à

Martelot, pour lui dire de laisser tomber ses recherches. Je lui annonçais que, par hasard, mon petit-fils l'avait retrouvé et que j'allais enfin pouvoir me venger. Il a vite réagi : il m'a téléphoné dès le lendemain ! Lui aussi, disait-il, avait retrouvé le duc depuis peu, mais n'avait pas eu le temps de me prévenir. Il m'a annoncé qu'il s'était fait embaucher comme jardinier chez les Kerbouic afin de m'aider beaucoup plus facilement ! “Vous êtes trop vieux à présent pour ce genre d'exercice. Si vous voulez, moyennant un peu d'argent, je peux vous aider à le liquider.”
- Vous êtes décidément un grand naïf, monsieur Lescuret ! C'est pour cela que vous avez dérobé les 20 000 francs à Pierre... C'est Martelot qui avait fixé le prix ?
- Oui ! Je suis arrivé le vendredi à Lornet. J'avais rendez-vous avec lui le lendemain à dix heures précises devant les ruines de la gare de Kernec. Je lui ai donné l'argent, puis il m'a expliqué comment il avait prévu le déroulement des opérations. Dans un premier temps, il fallait descendre la rivière en barque pour éviter de rencontrer d'éventuels témoins. Ensuite, sur l'autre rive, dans le petit chemin, attendre le passage du duc. Le tuer froidement, sans rien dire, ne m'intéressait

pas, je tenais à lui cracher à la gueule toute notre vie de misère... Si cela tournait à l'avantage du duc, Martelot devait le frapper par-derrière avec son couteau.

- Il n'hésite pas, le copain de régiment ! Que vous vous détestiez Kerbouic au point de le tuer, soit, mais lui ? C'est bizarre, j'ai du mal à imaginer Martelot en vengeur masqué, en une sorte de Zorro implacable, défendant la veuve et l'orphelin, surtout quarante années passées !

- Mais je l'ai payé pour ça !

- Supprimer un homme pour 20 000 francs... c'est presque du bénévolat !

- Oui ! Tu as sûrement raison ! Je ne connais pas les tarifs. D'ailleurs il n'a jamais quitté son navire, ce rat ! Même quand le duc m'a assommé ! Il s'est dégonflé !

- Ou, plus simplement, depuis le début, il n'avait pas l'intention de le tuer !

- Peut-être !..

- Continuez, monsieur Lescuret...

- Je m'étais caché derrière un buisson de genêts. Kerbouic a quitté le chemin pour entrer à quatre pattes dans un petit enclos. Il parlait tout seul en cueillant des fleurs. Puis il s'est mis à chantonner une chanson paillarde. J'ai souri... Je me suis ressaisi... Je l'ai interpellé... Il s'est retourné. Face à lui, je lui ai craché toute ma rancœur. Il m'a écouté jusqu'au bout, puis il m'a traité de vieux fou quand je lui ai annoncé que j'étais venu pour le tuer. Les insultes ont continué, puis nous nous sommes battus. Il m'a pour ainsi dire assommé.

- C'est à ce moment-là que votre petit-fils est arrivé... Il m'a raconté la suite.

- Je ne vous ai pas tout dit ! Martelot ne devait pas s'attendre à mon intervention. Il repartait déjà vers l'autre rive. Arrivé au milieu de la rivière, il m'a vu avec grand-père dans les bras. Il s'est arrêté de ramer puis a fait demi-tour. Pendant que nous le chargions dans la barque, il m'a expliqué l'itinéraire pour le rejoindre chez lui, un peu plus haut sur la rive gauche, presque en face, à côté de la gare. “Et un conseil, m'a-t-il dit, courez vite ! Il y a à l'entrée du chemin un connard qui passe son temps à surveiller tout ce qui bouge !”

- Donc, si vous n'étiez pas venu, il serait tranquillement rentré chez lui, en laissant sur le terrain votre grand-père assommé. Mais le duc dans cette hypothèse, qu'aurait-il fait ? Quel intérêt avait Martelot dans cette histoire ?

- Je me suis posé la question, figurez-vous et je suis comme vous, je n'y comprends rien... Quand

je suis arrivé chez lui, grand-père s'était réveillé. Il engueulait le jardinier et lui demandait de lui rendre son argent. C'est alors qu'il nous a menacés, de nous faire chanter. Il gardait les 20 000 francs, ou bien il nous dénonçait...
- Pour si peu d'argent... Il est vraiment étonnant. Ecoutez... Si nous allions, tous les trois, lui faire cracher la vérité, à ce ténor d'opéra de quatre sous... Monsieur Lescuret, emportez donc votre revolver !
- Ce vieux truc... Mais il n'y a jamais rien eu dedans !
- Tant mieux. Il pourra peut-être nous être utile. Euh, autre chose... Si ça ne vous dérange pas, il serait peut-être préférable que nous prenions votre voiture. J'ai peur que la mienne ne...
- J'allais vous le proposer, monsieur Le Raguevès !
- A propos... Je m'excuse, vous allez penser que j'abuse, mais... ça vous ennuierait si l'on emmenait ce pauvre chien ?
- Mais non, voyons ! Je vais prendre une couverture. Vous allez l'adopter alors ? Comment allez vous le nommer ?
- Il a l'air très âgé ce chien... Je l'appellerai Bruegel... Bruegel le Vieux... bien entendu !

UN RAT de bibliothèque, retraité du ministère des Armées, résidant à Kernec, s'était pris de passion pour les héros locaux. Les Kernécois restaient sereins devant cet étalage de gloires lointaines. Il n'y avait que trois rues dans le bourg à porter des noms d'hommes illustres. On aurait vite fait le tour ! La première année, l'historien proposa une conférence sur l'abbé Lebègue qui, de mémoire de curé, avait été le plus réactionnaire des prêtres du Morbihan et dont l'une des tares fut d'être nommé jadis à Kernec. Puis il tenta de ranimer la flamme de la famille de Rolignac, vieille noblesse Kernécoise, dont l'un des membres fut élu maire de la commune et qui fut tué à la bataille de Verdun. Le duc de Kerbouic honora de sa présence cette soirée consacrée à l'ami de son père. Hormis les membres de ladite famille et quelques amis ne voulant pas laisser les chaise vides, cette nouvelle conférence n'attira pas la foule et ne laissa guère de traces dans les mémoires kernécoises.

Il ne restait désormais à l'historien qu'un seul per-

sonnage légendaire à honorer, le général Auguste de L'Arette de Carré. Les nouvelles rues ne portant que des noms d'arbres ou de plantes exotiques, on priait dans les chaumières pour que le retraité féru d'histoire ne s'adonne tout à coup à l'horticulture.
Faisant jouer ses relations dans le milieu militaire, il parvint à organiser une remise de fourragère devant la stèle de l'auguste général. On avait pavoisé les rues de drapeaux et quelques petits enfants des écoles furent réquisitionnés pour agiter des fanions tricolores. Toutes les entrées du bourg étaient sous la vigilance de la maréchaussée qui craignait sans doute un plan tordu d'éventuels pirates ! Pour l'occasion, les pandores avaient revêtu leurs tenues de cérémonie. On remarqua l'absence du duc qui avait été bien évidemment invité officiellement. Le maire, ceint de son écharpe, déposa devant la stèle une gerbe de fleurs et y alla d'un discours patriotique. Quelques jeunes Saint-Cyriens, aux casoars frémissants sous la brise printanière, reçurent la larme à l'œil une décoration on ne peut plus fantoche, puisque, depuis bien des années, ils n'avaient pas eu de guerre à se mettre sous le shako. La minute de silence fut juste perturbée par deux ou trois scoo-

ters aux pots d'échappement trafiqués et par le Marquis, déjà fort éméché, traversant la rue en entonnant, haut et fort, un refrain d'un chanteur local : *"J'ai gerbé sur vos monuments en un bouquet de couleurs vives"*.

Puis vers midi, quand tout fut fini, les participants se dirigèrent vers le Coq Hardi pour y déguster le lapin chasseur aux morilles, spécialité du restaurateur qui, le matin même, avait dit à son épouse :

- Ces clients-là au moins ne se plaindront pas s'ils trouvent du plomb dans le civet.

Au croisement des rues des Bruyères et des Mimosas, deux gendarmes firent signe à l'Alfa-Romeo de ralentir. Jeannot, assis à l'avant aux côtés de Pierre Lescuret, dit au grand-père :

- Vous voyez, ils ont bien fait les choses : ils sont venus nombreux et en grande pompe pour vous arrêter !

- Dis pas de connerie, mon frère ! Ce soir, je dormirai peut-être en prison !

Ils garèrent la voiture sur la petite place, à quelques dizaines de mètres de la maison de Martelot. Quand le jardinier les vit tous les trois s'approcher, il ouvrit le portillon de son jardinet et tenta de s'enfuir en descendant un sentier qui menait vers la rivière.

- Allez, cours le chien... rattrape-le ! improvisa Jeannot.

Aussitôt le chien se lança à sa poursuite et, quelques dizaines de mètres en contrebas, immobilisa le fugitif.

- Retenez votre chien ! Retenez-le ! Il va me bouffer !

- Il est à moi, ce chien et je t'autorise à me tutoyer... depuis le temps qu'on se connaît ! Alors, on n'aime pas les visites ? Tu t'enfuyais ? Tu as peut-être quelque chose à te reprocher ?... Allez... fais-nous entrer et paye-nous un verre !

Les Lescuret étaient restés à l'écart. Jeannot faisait comme s'il était le maître des lieux.

- Entrez, messieurs, entrez... Il est inutile je crois de faire les présentations ? Asseyez-vous !... Vous avez vu mon chien ? Formidable, non ? Nous allons faire une fameuse équipe, tous les deux ! Hein, mon chien ?...

Ils s'installèrent autour de la table de la salle à manger. Le mobilier se composait de meubles de récupération. Les chaises étaient dépareillées et bancales. Sur les murs, la tapisserie accusait une bonne

trentaine d'années et se décollait par endroits par lés entiers. Martelot, tremblotant, ouvrit une porte grinçante d'un buffet Henri II. Il sortit des verres de différentes marques de moutarde et une bouteille étoilée de vin rouge.
- Je n'ai que ça !
- Ce sera parfait ! Dis donc, c'est coquet chez toi ! La dernière fois, je n'avais vu que la cuisine. Il doit te payer à coups de lance-pierres, ton cher duc ?
La petite capsule plastique rouge du litre sauta toute seule en un petit bruit sympathique.
- Le seul bruit que je supporte à la maison, dit Jeannot, à part peut-être... les aveux de quelques salopards ! Allez, assez rigolé ! Maintenant tu vas nous expliquer toutes tes magouilles.
- Qu'est-ce que tu veux dire ? Que j'ai tenté d'escroquer 20 000 balles à ces deux bandits ? J'avoue sans problème ! Mais lui, le vieux, était venu pour tuer le duc... Tu ne crois pas que c'est autrement plus grave ! Ce vieux fou... qui rumine sa rancœur depuis quarante ans ! Tu ne crois pas que c'est lui que tu devrais interroger ou enfermer ?
Ali Lescuret baissa la tête.
- Lui, comme tu dis, m'a tout raconté ! Il ne me reste plus qu'a recueillir tes aveux pour savoir

lequel des deux est le plus respectable ! Tu m'as bien dit et répété que tu ne l'avais jamais rencontré ? Pourtant ce vieux monsieur, lui, se rappelle bien de toi... Il dit t'avoir vu dans le bureau du duc, là-bas en Algérie... Tu te rappelles l'Algérie ? Tu as déjà entendu parler d'Oran ? Tu sais, le soleil... les moukères... l'Algérie, quoi ! Où tu étais si bien... Où tu jouais au cow-boy... Où tu jouais les justiciers !

- Qu'est-ce que tu peux être con, mon pauvre Jeannot !

- Pierre, soyez gentil de fermer cette fenêtre ! Avec le tintamarre que font ces cloches, je n'entends pas ce que dit notre ami Martelot ! Je reconnais cette sonnerie. Dites donc... c'est bien celle qu'on carillonne pour annoncer la mort de quelqu'un ? Eh bien, il en met un coup, le curé ! Revenons à notre méchoui ! Que tu aies offert à ce monsieur ton aide pour assouvir sa vengeance.. bravo ! C'est beau, c'est grand, c'est généreux, comme disait le Grand Charles ! On en pleurerait presque ! Mais, rafraîchis-nous plutôt la mémoire... Après avoir surpris leur conversation dans le bureau, tu as bien dû promettre quelque chose au duc pour qu'il t'embauche aussitôt libéré ?

- Je n'ai rien entendu, d'abord ! C'est le duc qui

m'a demandé de le protéger. Il avait peur des menaces de ton ami !
- Et c'est pour mieux le protéger que tu as fait venir la famille Lescuret de Marseille en Bretagne, à cinquante kilomètres des Kerbouic ? Tu nous prends pour des cons ou quoi ?
- Euh ! C'était plus facile pour les surveiller !
- C'est tout ce que tu as trouvé ?
- Oui ! Je n'ai rien à me reprocher, moi !
- Ah, merde ! J'y pense tout à coup ! Comme c'est bête ! J'ai oublié quelque chose !
- Quoi donc encore ?
- La gégène bien sûr ! Tu sais, cette petite machine à faire parler les muets et que tu maniais si bien ! Ce sont peut-être les cris des suppliciés qui t'ont rendu sourd ?
- Tu ne devrais pas dire ça Jeannot !
- Tu n'as pas le téléphone, par hasard ?
- Non ! Pour quoi faire ?
- C'aurait-été plus facile pour demander des explications au duc... Je vais encore être obligé d'aller lui rendre visite ! Monsieur Lescuret, je vous confie la garde de ce triste individu. Vous avez votre revolver ?.. S'il tente de se faire la belle, tirez dans le tas... Vous ne risquez rien, la dératisation est autorisée près des rivières ! Et puis je

vais vous laisser le chien. Lui non plus n'aime pas les rats ! Tu n'as pas la télévision, des fois ?
- Non ! Pourquoi faire ?
- Oh pour rien ! Ça vous aurait passé le temps ! Le samedi après-midi, il y a une émission qui s'appelle "La Question". C'est passionnant ! Pierre, nous y allons ?
- Je vous attends !

LA VEILLE au soir, après le dîner, le duc de Kerbouic ne s'était pas senti très bien. Il s'excusa auprès de son épouse et gagna sa chambre. Melle Roselle lui apporta vers 21 heures une tisane. Il fut, comme à son habitude, très désagréable.
Elle commence à m'énerver, cette bonne-femme. Je ne peux plus lui faire une seule remarque... Elle me tient tête à présent... D'ailleurs elle devient de plus en plus acariâtre. Il faudra que je m'occupe sérieusement de son remplacement. Dernièrement, mon ami Lestranges m'a présenté une jeune fille de sa famille qui paraît bien dégourdie... Elle est jolie en plus, ce qui ne gâte rien !... Tout de même... Les de Lestranges proposant leur nièce comme bonne ! C'est

époustouflant ! Epoustouflant !... Dans quelle époque vivons-nous ! Enfin !...

Ah mon Dieu ! Que je souffre ! Cette douleur ne vient pas de ma blessure. Non ! C'est plus haut !... Je suis oppressé !.. C'est curieux, mais ce soir j'ai envie de fumer ! Il y a bien vingt ans qu'on m'a conseillé d'arrêter le tabac !.. Tout de même, je me relèverais bien pour aller en chiner une au petit Jean-Baptiste. Hi ! Hi ! Hi !.. Je sais qu'il fume... en cachette de ses parents... Comme moi quand j'étais jeune ! Hi ! Hi ! Hi !.. Et puis non ! Ce ne serait vraiment pas raisonnable... Il faut que je dorme ! Demain, nous recevons le maire et sa charmante épouse !

Edouard de Kerbouic mourut dans la nuit. Vers 7 h.30, Melle Roselle découvrit son cadavre en lui apportant son petit déjeuner : un chocolat fumant et deux croissants. Il avait l'air apaisé. Dans sa main gauche, il tenait sa montre dans laquelle, à l'intérieur du couvercle, il avait collé le portrait de sa mère. La gouvernante ferma les yeux de son maître, redressa quelque peu les draps et les couvertures puis après un coup d'œil rapide à travers la pièce, s'en fut annoncer la nouvelle à la famille. Ensuite, par téléphone, allant vite en besogne, elle mena rondement les démarches nécessaires au bon déroulement du protocole.

C'est ainsi que, dès 9 h. 30, après que le médecin eut délivré le permis d'inhumer, le prêtre et son enfant de chœur vinrent lui administrer les ultimes sacrements. La mise en bière fut rapidement effectuée. Déjà, vers 11 heures, dans le hall d'entrée, sous les regards satisfaits des ancêtres, quelques élus de Kernec vinrent un instant se recueillir devant la dépouille de l'éminent personnage.

Depuis son agression, le duc avait moult fois précisé à Melle Roselle son attachement aux anciennes coutumes mortuaires et avait exigé que l'on pende aux murs extérieurs du manoir, même si cela ne se faisait plus, les immenses draps noirs ornés de larges bandes argentées et aux initiales du défunt. Ce fut un véritable branle-bas de combat aux pompes funèbres qui connurent un samedi matin agité. On dut fouiller tous les greniers des agences des villes environnantes pour satisfaire le dernier caprice du duc. Autre sujet de contrariété : les initiales ! Fallait-il inscrire E.K. ou E.d.K. ? Le croque-mort en chef, républicain convaincu, trancha et supprima la particule.

On avait ouvert grandes les grilles de la propriété afin que les visiteurs puissent se garer plus aisément dans les allées gravillonnées. A peine eut-il posé le pied par terre que Jeannot vit s'approcher Melle Roselle. La gouvernante, devant la tenue habituelle quotidienne mais négligée du détective, avait préféré prendre les devants. Elle s'excusa auprès du député qui lui rappelait, depuis déjà un long moment, la vie irréprochable et exemplaire de M. le duc.

- J'ai la douleur de vous annoncer le décès de M. de Kerbouic, dit-elle à Jeannot d'un ton confidentiel et pincé.

- Ah merde alors ! Oh excusez-moi... c'est la surprise !.. M.le duc est mort ? C'est pas vrai !

- Comme je vous le dis, monsieur. Il s'est éteint cette nuit, pendant son sommeil !

- Pendant son sommeil ! C'est pas vrai !

- Vous savez... Il avait quand même quatre-vingt-dix-huit ans !

- Quatre-vingt-dix-huit ans ! C'est pas vrai !

- Je pense que votre présence n'est plus guère souhaitable dans cette maison... D'ailleurs M. le duc vous avait déjà remercié, il me semble !

- Le duc est mort ! C'est pas vrai !..

- Ecoutez monsieur, conclut la gouvernante agacée, si cela n'est pas vrai, comme il vous plaît à le répéter... reconnaissez tout de même que c'est bien imité !

Elle tourna les talons et retourna recevoir les condoléances des notables qui commençaient à se presser devant l'entrée du château. Elle remplaçait ainsi, et fort avantageusement, la duchesse qui, depuis le matin, tombait d'évanouissement en évanouissement. Jeannot resta interloqué un instant. Puis, levant la tête, il aperçut Pierre Lescuret en conversation avec son ami Hubert de Kerbouic. Il s'approcha d'eux.

- Vous êtes déjà là, monsieur de Kerbouic ?

- Eh oui ! Mon frère Philippe m'a demandé de le représenter. Il est très occupé ces jours-ci ! J'avais laissé un message sur mon répondeur... que j'étais en Bretagne, au port de Lornet, où je devais participer à une régate. J'ai eu le malheur d'indiquer le numéro où l'on pouvait me joindre... Il m'a prévenu ce matin à mon hôtel.

- On m'avait pourtant dit, si je me souviens bien, que vous étiez interdit de séjour dans ce château ? Comme moi, d'ailleurs... Mademoiselle Roselle vient de me le signifier.

- Ah ! Chacun son tour ! En ce qui me concerne, cela date de ma plus tendre enfance. Nous venions en vacances ici, mon frère et moi. Déjà à cette époque il était le petit prince ! Il était l'ange et moi le diable !

- Mais vous continuez pourtant à vous fréquenter ?
- Non ! Plus du tout ! La dernière fois que je l'ai vu... c'était au château de Montclair, chez mes parents... il y a une bonne dizaine d'années ! Depuis cette date, je me suis écarté des courbettes, des baise mains et toutes ces guignoleries d'un autre âge !
- Comme je vous comprends ! A propos, vous m'avez bien eu à Paris, rue Léautaud ! Vous m'avez laissé croire que vous étiez Philippe !
- Depuis toujours, je joue de notre ressemblance... J'adore faire ce genre de plaisanteries !
- Pierre vous a-t-il parlé du passé de son grand-père ?
- Il y a longtemps !
- Il vous a tout dit ?
Pierre Lescuret intervint :
- Oui, monsieur Le Raguevès, il y a bien longtemps que j'ai tout raconté à Hubert !
- Tout tout tout !
- Oui ! Tout tout tout, commes vous dites ! Et figurez-vous qu'à l'époque où je lui fis cette révélation Hubert n'en fut même pas étonné. Il connaissait déjà sur le bout des doigt toute l'histoire de l'Algérie ! Si je puis m'exprimer ainsi !

- Et qui avait été votre professeur d'histoire ?
- Quand je venais ici en vacances, il n'y en avait que pour mon frère... On ne s'occupait guère de moi. J'avais pris en affection le jardinier, Louis Martelot ! Il m'apprenait à braconner dans la rivière... à reconnaître les feuilles des arbres... à poser des collets. J'allais déguster chez lui de grandes tartines de pain beurrées sur lesquelles il étalait d'épaisses couches de confitures de mûres qu'il cuisait lui-même. Souvent, je lui confiais mes jalousies et déjà mon dégoût du milieu dans lequel je vivais. La veille d'un départ, je crois que c'était en 1970, il avait fait très chaud. Contrairement à son habitude, il avait bu. Comme pour me consoler, il m'avoua les motifs du chantage qu'il exerçait depuis dix ans sur mon oncle.
- Ça, tu ne me l'avais pas dit !
- Quoi ?
- Qu'il faisait chanter ton oncle... Tout est beaucoup plus clair à présent !
- Comme vous dites ! Vous aviez quel âge à cette époque ?
- Une dizaine d'années... Je n'avais pas tout compris, bien évidemment, mais je me réjouissais de savoir que mon oncle n'était pas ce personnage si

noble que tout le monde admirait. Que ce charmant monsieur tire vengeance du sinistre passé de mon oncle m'emplissait de joie !
- C'est curieux... Vous en parlez presque avec amour, de ce jardinier !
- Quand j'ai su ce que le mot chantage impliquait, mon affection s'est beaucoup altérée. Et puis le temps a passé. Je ne l'ai pratiquement plus jamais vu, ce vieux bonhomme !
- Vieux bonhomme ! Vieux bonhomme !.. Attention à ce que vous dites, mon cher ! Martelot et moi avons le même âge ! Il faut à présent que nous partions. Nous l'avons laissé sous la surveillance du grand-père de Pierre et ils doivent commencer à trouver le temps long... Une fois vos civilités accomplies, pourriez-vous nous y rejoindre ?
- Avec plaisir... Ce ne sera pas long, croyez-moi ! Deux coups de goupillon et je vous retrouve !
Dans la voiture, Pierre Lescuret s'inquiéta :
- Qu'est-ce que vous avez décidé, monsieur Le Raguevès ?
- Je ne sais pas du tout ! Le duc est mort... Le rat est presque pris au piège...
- Pourquoi l'appelez-vous ainsi ?
- Vous avez vu comment il vit ? Je suis sûr que ce

con-là a amassé une fortune avec ses "cours de chant"... Il ne s'est jamais marié... Pas d'enfant... Il conserve précieusement une voiture qui date des années cinquante... Pour ainsi dire, il ne la sort jamais du garage et en plus... il ne va jamais au bistrot ! Ça devrait vous suffire, non ?

Ils retrouvèrent Martelot et le pépé en train de jouer à la belote.

- Vous avez été longs, dit le grand-père comme pour s'excuser d'avoir pactisé avec son prisonnier.

- Oui ! Excusez-nous, mais... J'ai une nouvelle qui devrait vous réjouir. Votre vieil ennemi, le duc de Kerbouic, est mort cette nuit !

- Pauvre homme ! Oh ! Pardon, ça m'a échappé !

Martelot semblait ne pas réagir.

- Eh Louis ! T'as entendu ce que je viens de dire, tu n'as pas branché ton appareil ?

- Si ! Je t'ai entendu.

- Dans quelques minutes, tu auras une surprise.

- Une de plus ! Décidément c'est la journée !..

- De quoi vas-tu vivre à présent ?

- Oh ! Peut-être qu'ils me garderont encore quelques années comme jardinier !

- Si tu ne les passes pas en prison, mon p'tit vieux !

- En prison ? Pour avoir tenter de faire chanter ces deux-là ? Tu rigoles ou quoi ?

- Ce n'est pas grand-chose, je te l'accorde ! Mais en ce qui concerne le duc ?
- Quoi, le duc ?.. J'étais son employé ! Je touchais mon salaire, c'est tout !
- Et combien il te donnait chaque mois ?
- Le SMIC, point final !
On entendit deux coups de Klaxon. Quelques secondes plus tard, Hubert, tout sourire, fit son entrée dans la salle à manger.
- Je ne me rappelais plus du tout cette maison ! Elle me paraissait beaucoup plus grande ! Bonjour, monsieur Martelot, vous me reconnaissez ?
Le visage du jardinier rayonna ! Il s'était levé et se précipita vers Hubert, comme vers un sauveur suprême.
- Hubert ! Bien sûr que je te reconnais, mon petit gars ! Tu aurais pu venir me voir, depuis toutes ces années ! J'ai encore quelques pots de confitures... Je te les donnerai avant de partir !
- Des confitures, des confitures ! C'est bien le moment de parler gourmandises ! Mon pauvre Louis, Hubert vient de nous révéler que depuis des années tu faisais chanter le duc ...Il avait dix ans, quand tu lui as fait cette confidence...
- Excusez-moi, monsieur Martelot !

- Ce n'est rien, mon petit ! Ce n'est pas grave.
- Allez, Louis ! Accouche, nom de Dieu ! Ça ne sortira pas d'ici, je te le promets !
- Tout à l'heure tu voulais me foutre en taule !
- C'était pour t'impressionner et puis je souhaitais que tu avoues seul, comme un grand !
- Eh bien voilà ! Là-bas à Oran, ce fameux jour, j'ai effectivement entendu leur conversation. Quand Lescuret est sorti, j'ai fait une véritable leçon de morale à Kerbouic... C'était facile : j'avais un PM dans les mains ! Comme je le menaçais, une fois rentré en France, de révéler son viol et sa paternité à la presse, il m'a supplié de ne rien dire. Il m'a juré qu'il me donnerait tout ce que je désirerais, en échange de mon silence. Deux années sont passées. Après ma libération, j'ai repris contact avec lui, à Kernec. J'étais au chômage... Je n'étais pas comme toi, moi : je n'avais aucun bagage ! J'avais même pas mon certif ! Le duc m'avait oublié ! Je lui ai rafraîchi la mémoire et je lui ai imposé mes conditions : je voulais d'abord une maison... Oh ! pas un palace, non ! La preuve... Puis, un emploi... Il m'a proposé celui de jardinier. Voilà ! toute l'histoire !
- Attends, attends, il y a jardinier et jardinier ! Tes exigences d'alors paraissent bien modestes ! Tu ne

vas pas nous faire croire que tu as gratté les terres de ce monsieur pour un salaire de misère. Tu as bien dû demander une rétribution un peu plus juteuse ?

- J'avais un bon salaire !

- Tu touchais combien ?

- Euh !... Au début j'avais exigé une brique en plus de mon salaire déclaré !

Jeannot siffla.

- Un brique dans les années soixante, eh ben mon colon ! Mais pourquoi as-tu fait venir les Lescuret si près ?

- Je voulais les avoir sous la main... au cas où le duc décide de me virer tout d'un coup ! La preuve que ça marchait ! Un jour j'ai voulu qu'il rallonge un peu ma pension ! Je lui ai annoncé que j'avais eu des nouvelles et que Lescuret le recherchait toujours. Je lui ai fait voir une lettre. Il m'a accordé le double, dis donc !

- Et tout ce fric, bien sûr, tu l'as placé bien au chaud ?

- Tu ne peux pas mieux dire !

- Comment ça ?

- Les trois matelas de la maison sont pleins à craquer !

- Pierre !... Quand je vous disais que c'était un rat !

As-tu au moins tenu les comptes ? Sais-tu exactement ce que tu as amassé en quarante ans ?
- Au début, je notais tout dans un carnet et puis j'ai eu peur qu'on le découvre, je l'ai brûlé ! Je ne sais plus du tout combien je possède ! Beaucoup d'argent, en tout cas ! Beaucoup !
- Pauv' malade ! Et malgré ton magot, tu vis dans cette merde !
- J'avais peur qu'en faisant trop de dépenses les voisins trouvent ça louche !
- Et il a fallu que tu fasses chanter ces deux pauvres Lazares ? Ce n'était tout de même pas indispensable ? T'es un vicieux... c'est sûr !
- Eh ben... essaie de me comprendre Jeannot ... En quelque sorte... c'était comme mon treizième mois !
Il y eut un silence ! L'ambiance semblait tendue, mais tous échangèrent des regards qui laissaient présager un fou rire imminent. Hubert ne put résister. La main sur la bouche, il sortit s'esclaffer à l'extérieur. Jeannot avait bien envie de le rejoindre. Il brisa le silence :
- Bon ! Alors ! qu'est-ce qu'on fait !.. Monsieur Lescuret, vous avez une idée ?
- Oh que oui !

- Pierre ?

- Ce doit-être la même que mon grand-père !

Les yeux rougis, Hubert avait rejoint la salle à manger. En essayant de garder son sérieux, il déclara :

- Ecoutez, messieurs ! Effectivement, tout cet argent n'a pas été acquis très honnêtement...

- C'est le moins que l'on puisse dire !

- Mais on ne peut oublier qu'une partie représente quand même le salaire de Louis en tant que... jardinier et... j'ajouterai pour sa défense que tous les parterres du château ont toujours été bien entretenus ! Personne n'osera dire le contraire. Oublions, s'il vous plaît, son passé de maestro, puisque le disque, enfin la galette, si vous préférez... à cause d'une coupure définitive de courant, s'est arrêté brusquement de tourner. Nous pourrions peut-être condamner Louis à fleurir la tombe de mon oncle jusqu'à...

Jeannot l'interrompit. Avec un air plus que solennel, l'index levé, il déclara :

- C'est une excellente idée, mon cher Hubert ! En ce qui me concerne, je réprouve totalement le comportement de cet individu, mais, selon les commandements de notre sainte mère l'Armée, je me dois de porter assistance jusqu'à la mort à ce vieux copain de régiment ! Repos !

Louis Martelot ne comprenait plus rien. Il pensait que tous se moquaient ouvertement de lui et semblait attendre une sentence. Il affichait un sourire idiot et suivait des yeux les intervenants.

- Messieurs, continua Jeannot, étudions à présent, si vous le voulez bien, quels devraient être les heureux bénéficiaires du magot engrangé, jour après jour, semaine après semaine, année après année par cet indélicat mais persévérant personnage !

Hubert le coupa :

- Le comportement scandaleux de mon oncle, le duc de Kerbouic, en Algérie, mérite effectivement un châtiment exemplaire... Et je pense que M. Lescuret pourrait prétendre, enfin, à percevoir une indemnisation. Ce ne serait que justice !

- Vive la justice ! cria Jeannot. Il précisa :

- Votre mère également, Pierre ! Cela va de soi !

Hubert reprit la parole :

- Il y a aussi les Rats bleus ! Si nous ne faisons rien pour ces charmants petits animaux, il nous faudra rendre les 100 000 francs à mon frère Philippe. J'ai appris que mon oncle l'avait chargé de récupérer cet argent en échange de sa nomination de

président du conseil d'administration ! De toute façon, il le sera d'office, puisque je n'entre pas en lice !
- Les Rats bleus...C'est le rayon de Pierre ! Peut-être pourrait-il leur faire graver... je ne sais pas moi... un double-album ! Ou un triple, enfin, je sais qu'il fera au mieux ! Louis, qu'est-ce que tu penses de tout ça ?
- Un triple album ? Ça fera beaucoup de bruit !
Jeannot exultait. Ce dialogue farfelu et improvisé le réjouissait à l'extrême !
- Ah ! Au fait, monsieur Hubert !... Vous ne m'avez toujours pas dit ce que vous faisiez dans les appartements parisiens de ce cher duc de Kerbouic...
- Oh ! C'est vrai ! Excusez-moi, monsieur l'investigateur ! J'étais venu rapporter une toile que j'avais empruntée à mon oncle et que j'avais mise en gage dans une galerie dont je connais le propriétaire. Si la croûte était horrible, son appartenance à ma noble famille lui avait donné tout à coup une valeur inestimable. Que voulez-vous... il fallait bien que je trouve les fonds nécessaires pour aider Pierre à rembourser sa dette de jeu.
- Seriez-vous également, fauché ?...
- Comme les blés, mon ami !

- Cette action vous honore et mérite également récompense ! Quant à moi, pour avoir mené avec tant de brio une enquête aussi difficile, je double, que dis-je... je triple... je quadruple mes honoraires ! Qu'en pensez-vous ?
Tous acquiescèrent, bien évidemment !

Pont-Scorff, le 11 novembre 2005.

Appendice

Monsieur le duc

Dans un cercueil en bois des îles
Monsieur le duc a pris congé
Des quelque trois cents imbéciles
Qu'il appelait “mes bons sujets”.

Mourir n'est pas toujours facile,
Monsieur le duc fit ça très bien,
Sans grandiloquence inutile,
Entre ses piqueurs et ses chiens.

N'aimant que la chasse et les filles,
Certain de partir sans péché,
Il confessa trois peccadilles
Pour ne pas froisser son clergé.

Ensuite, allant vite en besogne,
Il déshérita ses neveux,
Sourit aux forêts de Sologne.
Un valet lui ferma les yeux.

Alors tous ces mangeurs de terre,
Ceux qui s'échinent sans arrêt,
Des bientôt conscrits aux grands-pères,
Se sentir'nt tout désemparés.

Le fléau de leur existence
Venant enfin de les quitter,
Ils eur'nt des mots de circonstances
D'une grande imbécillité.

Les métayers dures à l'ouvrage
Que le duc égorgeait à blanc
Toutes les fill's du voisinage
Auxquelles il faisait des enfants...

La vieille qui lavait son linge
Le valet qui soignait ses chiens
Ceux qu'il payait en monnaie d'singe
Venaient en dire un peu de bien,

Qu'il fût une ignoble canaille
Pour qui rien n'eut jamais de prix,
Un être sans cœur ni entrailles
Leur était sorti de l'esprit.

On vint apporter par brassées
Les plus belles fleurs des jardins.
Ce fut une belle journée
Mais lourde d'un bien gros chagrin...

Dans un cercueil en bois des îles
Monsieur le duc a pris congé
Des quelque trois cents imbéciles
Qu'il appelait "mes bons sujets".

Le poème : “Monsieur le duc”
est extrait du recueil de poésies de
Bernard DIMEY
“Je ne dirai pas tout”
paru aux Editions Christian Pirot
13, rue Maurice Adrien
37540 - Saint-Cyr-sur-Loire

Ouvrage mis en page et imprimé par :

LES ÉDITIONS D'IMPRIM'ART

Patrick Clémence & Fils
56620 PONT-SCORFF
Tél. 02 97 32 65 75
Fax : 02 97 32 64 18
•
e-mail : arthemus.ed@wanadoo.fr
www.arthemus.com

Dépôt légal : quatrième trimestre 2005
ISBN N°2-913511-35-X